Pippi Långstrump går ombord

長襪皮皮出海去

Astrid Lindgren

pictures by Ingrid Vang Nyman

阿思緹·林格倫 著　　英格麗·凡·奈曼 繪　　姬健梅 譯

目次

導讀

皮皮：兒童文學史上響叮噹的獨居小人

文／劉鳳芯（國立中興大學外文系副教授）

《皮皮出海去》是瑞典二十世紀兒童文學國寶林格倫以九歲女孩「皮皮」為主角創作之系列三部曲第二集，出版於一九四六年。此作無論敘事收放、內容層次，皆較第一集更為開展奔放，豐富精采。出版逾七十年後回顧，仍極為可觀。

「皮皮」系列的小主角無父也無母。據皮皮自述，她的媽媽在天堂當天使；至於曾是船長的爸爸，則於某次海上航行因暴風雨落海失蹤；不過因皮爸肥胖，皮皮相信爸爸肯定不會淹死，而是沉浮海上、漂流至南太平洋小島稱王。根據主角的身分設定，評家多將「皮皮」系列歸入二十世紀上半葉兒童文學大宗「孤兒敘事」之屬，但本系列的小姑娘可大大不同於那些孤女前輩——無論投靠姨媽的波麗安娜、守護祕密花園的瑪麗、綠屋瓦裡的紅髮安妮、住在阿爾卑斯山下的海蒂／小蓮、抑或離開日光溪農場的麗蓓嘉，因為皮皮力大無比、自給自足、經濟無虞；而且因有馬有猴為伴，所以儼然還是動物園一介小小女生園長。

因皮皮創下兒童文學史上兒童主角獨居、拒絕上學的先例，且力氣強過成人（在本集中腕力幾勝皮爸）、足以自保，又不受世俗物欲牽絆，「擁皮派」（占多數）咸認為「皮皮」系列乃兒童文學遁世想像之經典，盛讚書中小主角皮皮率直、自由、自在，並視皮皮為全天下廣大兒童的救贖——因為尋常良家小乖乖如湯米及安妮卡，豈可一日不洗澡、一天不上學，又豈敢不聽父母和老師的話、違背社會規範、率性表達不滿？但可想而知，不少成人對於皮皮反權威的態度並不買單，還憂心這位小女娃可能樹立壞榜樣、帶壞天下小孩。

皮皮是否想成為兒童典範，倒令人玩味，且讓我們回到文本瞧瞧皮皮的形象。皮皮滿腹鬼點，是遊戲的領頭羊（比方「請你跟我這樣做」）、也是下達指令的指揮官（例如瓶中信的內容），儼然孩子王、大姊大。除此之外，故事中的皮皮還是類成人的慈善家，因為她像成人那樣可自由支配財務，並坐擁成桶金幣。本書中，皮皮不只一次慷慨掏出大把金幣，或購買各式糖果、或準備豐富糕點、或讓身邊小朋友挑選各自喜歡玩具，不僅填飽全鎮小朋友的肚腹，也成全兒童的想望。是以，與其說皮皮是個滿頭紅髮、長滿雀斑、年僅九歲的人類小女孩，她更像滿足兒童想像的具體化身：鬼靈精怪，是童話國度的魔法仙子、是超凡世界的怪物、是化外之地的小野獸；換言之，皮皮是超人，乃非人的後人類。本書中，皮皮確實不只一次展露上述形象。而書中皮皮幾乎去到學校的橋段，充分展現皮皮非此非彼、又此又彼的閾限（liminal）狀態。皮皮因想跟著學童去遠足，某日突然現身校園：那日是個晴暖天，教室窗戶全開，緊貼著教室牆外的樺樹上，有隻椋鳥棲息於樹梢快活啁啾。忽地，皮皮出現於樺樹的一根枝椏上；因為枝椏一直延伸到教室窗臺，所以皮皮又像是坐在窗戶前面。那麼皮皮究竟是人是鳥、是學童抑或輟學生，引人遐思、令人莞爾。

至於皮皮的怪物身分，不僅是角色自封、還經所有周邊小朋友確認。話說故事中的皮皮成功加入學校遠足行列，一行人來到一座像怪物般非比尋常、美得出奇，名喚「怪物森林」的樹林。思考從不像大人拐彎抹角的皮皮望文生義，期待怪物樹林出現怪物，大失所望之餘，索性自扮怪物發出巨吼，嚇壞老師學生，還一逕跳入深深岩縫，假裝是其巢穴；皮皮舉動引發小朋友取笑，遂喊其為「笨蛋怪物」。至於皮皮的野獸身分，則於書中描寫艾弗朗爸爸返家、父女重逢時充分揭露。本書末三章乃筆者極愛，以其既有嘉年華般的歡鬧，又有即將訣別童年的深沉悲傷；感情濃烈，情節緊湊，張力十足，將全書帶入最高潮。話說皮爸登場時，全身上下除武器裝飾等行頭，僅一條單薄草裙披掛腰間聊表形式，卻難掩通身胖呼呼肥肉與絨絨體毛，是以皮皮爸是人是獸、是人是盜，難以分辨。如父如女，皮皮亦不遑多讓：按尋常人類情感表達，父女久別重逢，見面第一件事理當喜極而泣云云，未料這對國王與公主見面第一件事竟是坐下比力氣，接著又透過各種超越人類互動的肢體表現如咬耳咬鼻、激烈摔角互相表達愛意。

倘若皮皮的形象已經非此非彼，皮皮所說出的話，則更是不斷擺盪於虛實之間，憑添此書及此系列的誘人魅力。書中的皮皮常與湯米及安妮卡、甚至老師分享她過往豐富的航海見聞，但內容可信度每每啟人疑竇，引發說謊質疑。本書之末藉湯米之口，為皮皮是否說謊下了一道注解：湯米一口咬定皮皮不是真的說謊，只是假裝自己編出來的故事是謊話。此語玄妙值得細究：旁觀小朋友如湯米之屬顯然從頭到尾都知道皮皮所言乃編造、也明白皮皮一直假裝說謊，但正因為皮皮並非真心假掰，所以無傷大雅，也無揭穿之虞。由此可見書中的湯米和安妮卡雖對皮皮言聽計從，卻眼光清澈、心知肚明，而非被牽著鼻子走的小傻瓜；也難怪皮皮聽罷認真看著湯米，評斷他說話有理，將來恐怕難逃變成大人物！筆者至此不禁好奇：倘若書中其他兒童角色尚且如此了解皮皮，閱讀《長襪皮皮出海去》的大人讀者又如何想呢？

長襪皮皮出海去

人物介紹

長襪皮皮

一個力大無窮的九歲女孩，全名是皮皮洛塔．維多利亞．洛嘉蒂娜．薄荷．長襪。她那一頭紅髮紮成兩條直挺挺的辮子，鼻子像小小的馬鈴薯，臉上長滿密密麻麻的雀斑。她穿著有紅色補丁的藍色洋裝，腿上則是不成對的長襪，還有比腳足足大一倍的黑鞋子。

尼爾森先生

小長尾猴，身上穿著藍褲子和黃背心，頭戴一頂白色草帽。牠是皮皮的寵物，和皮皮一起住在亂糟糟別墅。

湯米和安妮卡

皮皮的鄰居兼好友。這對兄妹可愛、有教養，也很乖巧。哥哥湯米很聽媽媽的話，而且從不咬指甲；妹妹安妮卡即使遇到不如意的事情也從不吵鬧，而且身上穿的棉布洋裝總是維持得平整乾淨。

艾弗朗・長襪船長

皮皮的爸爸。有著肥胖的身材和強壯的臂力，過去曾是霍普托瑟號的船長。在一次航行中被暴風雨吹落海裡，漂流到一座南太平洋小島上，成為統治塔卡圖卡族的國王。

第一章　皮皮仍舊住在亂糟糟別墅

如果有外地人湊巧來到這座很小、很小的小鎮，又不小心迷路走得太遠，來到了小鎮的邊緣，那他就會看見亂糟糟別墅。這棟房子倒也沒什麼特別的地方，只是一棟年久失修的老舊別墅，矗立在缺乏整理的庭院當中。但是這個外地人也許會停下腳步，想知道是誰住在那裡。

住在這個很小、很小的小鎮上的人，當然都知道是誰住在亂糟糟別墅，也知道為什麼會有一匹馬站在門廊上，可是來自其他地方的人就不知道了。這個外地人肯定會感到納悶，尤其是在時間已經很晚，幾乎可以說是天黑的時候，外地人看見有個小女孩在院子裡走來走去，一點也沒有要上床睡覺的樣子，這個外地人肯定會想，「為什麼小女孩的媽媽沒有叫她上床睡覺？時間這麼晚了，其他小孩早就已經進入夢鄉了。」

外地人當然不知道小女孩沒有媽媽，而且她也沒有爸爸，至少沒有住在家裡的爸爸。小女孩只是獨自住在亂糟糟別墅。嗯，嚴格說起來，她也不算是獨自生活，畢竟她的馬就住在門廊上。另外，她還有一隻名叫尼爾森先生的小猴子，但是從外地來到小鎮上的人當然不可能知道這些事。

如果這名小女孩走到庭院大門——她肯定會走過來，因為她喜歡跟路過的人說話——外地人在好好打量她之後，一定會忍不住想，「我從沒見過哪個小孩像她一樣，長了這麼多雀斑，頭髮還這麼紅！」

接下來他也許會想，「只要像她一樣健康開朗，長著雀斑和一頭紅髮其實也很漂亮。」

看著紅髮小女孩獨自在暮色中閒晃，外地人也許會想要知道她叫什麼名字。如果他就站在庭院門口，他只需要開口詢問：「妳叫什麼名字？」他一定會聽到一個愉快開朗的聲音回答：「我叫皮皮洛塔・維多利亞・洛嘉蒂娜・薄荷・長襪，但是大家都只叫我皮皮。我是艾弗朗・長襪船長的女兒，我爸爸從前是個海上霸王，現在則是南太平洋小島上的國王。」

沒錯，就是這樣。這個女孩名叫長襪皮皮，她說她的爸爸是南太平洋小島上的國王，至少她是這麼相信的。有一次，皮皮和爸爸在大海上航行的時候，爸爸被暴風雨吹落到海裡，就這樣失去了蹤影。由於皮皮的爸爸很胖，皮皮無論如何都不相信爸爸會沉下去淹死。想也知道，爸爸會被海水沖到一座小島上，並且當上一群原住民的國王。皮皮相信事情一定就是這樣。

如果這個路過的外地人不必在當天晚上搭乘火車離開，而是有足夠的時間和皮皮多聊一聊，他就會一點一滴的得知，除了一匹馬和一隻猴子之外，這個小女孩是獨自住在亂糟糟別墅。如果這個外地人有一副好心腸，他免不了會想，「這個可憐的孩子究

竟是靠什麼維生呢？」

但是他真的沒有必要擔心這件事。

皮皮常說：「我跟魔術師一樣有錢。」她的確很有錢，因為她有滿滿一皮箱爸爸留給她的金幣。

因此，路過的外地人不必擔心皮皮生活困苦。雖然她沒有媽媽也沒有爸爸，但她過得好極了。除了一件事，沒有人會告訴她晚上什麼時候該上床睡覺，但是皮皮想出了一個解決的辦法：她可以自己告訴自己。有時候，她會到晚上十點才叫自己上床睡覺，因為她從不認為小孩子一定要在七點上床睡覺，畢竟七點可是一天當中最美好的時光呢！儘管太陽已經下山，氣溫已經變涼，湯米和安妮卡早就睡了，但如果路過的外地人看見皮皮在院子裡走來走去，也不必感到奇怪。

湯米和安妮卡是誰？喔，這個路過的外地人當然不可能會知道！

湯米和安妮卡是皮皮的玩伴，他們就住在亂糟糟別墅隔壁的那棟屋子。可惜這個外地人沒有早點過來，不然他就能看見湯米和安妮卡兩個十分乖巧可愛的小孩，而且他肯定會看見湯米和安妮卡在皮皮家玩。兄妹倆每天都會來找皮皮，除了吃飯、睡覺還有上學之外，他們總是和皮皮在一起。

但是到了晚上，他們當然已經睡了，因為湯米和安妮卡有爸爸，也有媽媽，而且爸爸、媽媽都覺得小孩子最好在七點就上床睡覺。

如果這個路過的外地人有非常充裕的時間，也許在他跟皮皮道過晚安，看著皮皮離開庭院大門之後，他還能再多待一會兒，看看皮皮一個人的時候會做些什麼事，看看她是不是一進屋就會上床睡覺。他可以躲在門柱後面，偷偷觀察院子裡的情況。如果

亂糟糟別墅裡的模樣

皮皮剛好有騎馬的興致，她就會走到門廊上，用她強壯的手臂舉起那匹馬，把牠抬到院子裡！路過的外地人看到這一幕，很可能會揉揉眼睛，懷疑自己是在作夢！

「我的老天，這個小孩是怎麼回事啊！」也許他會在庭院大門後面這樣喃喃自語，「我真的看到她舉起那匹馬！她是我這輩子見過最特別的小孩！」

他說得沒錯，皮皮的確是有史以來最特別的小孩，至少在這座小鎮上是如此。也許在其他地方還有更特別的小孩，但是在這座很小、很小的小鎮上，像長襪皮皮這樣的小孩沒有第二個。不僅如此，不管是在這座小鎮，還是地球的任何一個角落，都找不到力氣和皮皮一樣大的人喔。

第二章　皮皮買東西

在一個春光明媚的日子，陽光燦爛，小鳥吱吱喳喳，融冰化成流水在水溝裡潺潺流動，湯米和安妮卡跑來找皮皮。湯米帶了糖塊給皮皮的馬吃，他和安妮卡先在門廊上待了一會兒，摸摸那匹馬，然後才進屋去找皮皮。兄妹倆進門的時候，皮皮還躺在床上睡覺呢。她把腳擱在枕頭上，把頭深深埋在被子底下。皮皮一向都是這樣睡覺。安妮卡捏捏她的大腳趾，說：「快起床！」

名叫尼爾森先生的小猴子已經醒了，牠跳到天花板的吊燈上，待在那裡不下來。漸漸的，被子底下有了動靜，接著一個紅頭髮的腦袋瓜冒了出來。皮皮睜開她清澈的眼睛，露出大大的笑容。

「啊，是你們捏了我的大腳趾嗎？我剛才夢見了我爸爸，就是那個南太平洋小島上的國王，我還以為是他要檢查我有沒有長雞眼呢。」

皮皮坐起身，在床邊穿上襪子。她的長襪一隻是黑色，另一隻則有條紋圖案。

「說真的，只要穿上這雙大鞋子，就不會長雞眼。」皮皮一邊說，一邊穿上她那雙大黑鞋，那雙鞋足足比她的腳大了一倍。

「皮皮，」湯米說：「今天要做什麼呢？我們今天不必上學。」

「嗯，這值得好好想一想，」皮皮說：「我們不能圍著聖誕樹跳舞，因為三個月前我們就把聖誕樹搬出去扔了。現在水溝裡也沒有結冰，不然就可以溜冰溜一整個上午。挖金礦也很好玩，可是我們沒辦法去挖，因為我們不知道金礦在哪裡。再說，大多數的金礦都在阿拉斯加，那裡擠滿了淘金客，我們根本擠不過去。不行，我們得想點別的主意。」

「對，但是要好玩。」安妮卡說。

皮皮把頭髮綁成兩條硬邦邦的辮子，讓它高高豎在頭上。她邊綁頭髮邊想，最後開口說：「我們去鎮上買東西，你們覺得怎麼樣？」

「可是我們沒有錢。」湯米說。

「我有啊。」皮皮說。為了證明自己沒有說謊，她走過去打開那個裝滿金幣的皮箱，並且抓了一把金幣，塞進肚子正中央的圍裙口袋。

「現在只要戴上帽子，就可以出門囉。」皮皮說。

可是到處都找不到皮皮的帽子。皮皮先去裝柴火的木箱裡找，但是帽子不在那裡。接著她去食物儲藏室找，她查看了裝麵包的罐子，但是罐子裡只有一條襪帶、一個壞掉的鬧鐘和一小片乾麵包。最後，她甚至去看了置帽架，但是上頭只有一個平底鍋、一把螺絲起子和一塊乳酪。

「到處都亂七八糟的，什麼也找不到，」皮皮沒好氣的說：「不過那塊乳酪我找了好久，還好現在找到了。喂，帽子，你到底想不想一起去買東西？如果你不馬上出現，就來不及囉！」

但是帽子並沒有出現。

「好吧，如果帽子笨到不跟我們出門，那就只能怪它自己了。但是等我回家之後，我可不想聽到抱怨喔。」皮皮板著一張臉說。

不久之後，湯米、安妮卡、皮皮，以及坐在皮皮肩膀上的尼爾森先生，便朝著鎮上出發了。陽光燦爛，天空湛藍，三個孩子興高采烈。路旁的水溝流水潺潺，那條水溝很深，水量非常充沛。

「我喜歡水溝。」皮皮說完，便毫不猶豫的一腳踩進了水裡。水深及膝，如果她用力蹦跳，濺起來的水花就會噴到湯米和安妮卡身上。

「我要假裝自己是一艘船。」皮皮在水溝裡涉水前進。但是才剛說完，她就摔了一跤，一頭栽進了水裡。

她讓鼻子浮出水面，滿不在乎的繼續說：「應該說我是一艘潛水艇才對。」

「哎呀，皮皮，妳全身都溼透了。」安妮卡擔心的說。

「這有什麼關係？」皮皮說：「誰說小孩子一定要一身乾爽？我聽說泡冷水有益健康，只有我們這裡的人才會說小孩子不准走進水溝。在美國，所有的水溝都擠滿了小孩，幾乎可以說是水洩不通。他們一整年都待在水溝裡，到了冬天，當然就凍住了，只有腦袋露出冰面。他們的媽媽只好把水果湯和肉丸帶去給他們吃，因為那些小孩沒辦法回家吃飯。不過我可以跟你們保證，他們都很健康。」

沐浴在春日陽光下的小鎮看起來十分安詳。石塊鋪成的街道在房屋之間蜿蜒，幾乎每一棟房子都有小花園圍繞，雪花蓮和番紅花在園中綻放。小鎮上有許多商店，在這個春光明媚的日子，街上人來人往，顧客頻繁進出，商店門口的鈴鐺一直響個不停。婦女的手臂上挽著籃子，出門採購咖啡、糖、奶油和肥皂，也有一群小孩出來買糖果或是一小盒口香糖。但是絕大多數的小孩沒錢買東西，那些最貧窮的小孩只能站在商店前面，眼巴巴的看著櫥窗裡的好東西。

三個小小的身影，在陽光最燦爛的時候出現在大街上，那是湯米、安妮卡和皮皮。皮皮全身溼漉漉的，不管走到哪裡，都會在地面留下一道溼溼的水痕。

「我們真是幸運！」安妮卡說：「瞧，這裡有這麼多商店，而我們有滿滿一口袋的金幣！」

湯米也高興得跳了起來。

「嗯，那我們開始購物吧，」皮皮說：「我最想要買一架鋼琴。」

「可是皮皮，」湯米說：「妳根本不會彈鋼琴呀！」

「如果我沒試過，怎麼知道自己會不會呢？」皮皮說：「我沒有鋼琴能讓我試彈一下。而且湯米，我要告訴你，想在沒有鋼

琴的情況下學會彈鋼琴，這需要拚命練習才行。」

到處都找不到賣鋼琴的店，不過三個小孩倒是經過了一家美容用品店。店裡的櫥窗擺著一大罐去除雀斑的面霜，旁邊還擺著一塊紙板，上面寫著：「您有雀斑的煩惱嗎？」

「紙板上寫了什麼？」皮皮問。她的閱讀能力不太好，因為她不想跟其他小孩一樣去上學。

「上面寫『您有雀斑的煩惱嗎？』」安妮卡說。

「真的嗎？」皮皮露出思考的表情，「既然別人客氣的問了，我們就應該客氣的回答。來吧，我們進去。」

她推開店門走了進去，湯米和安妮卡緊跟在後。櫃臺後方站著一位中年女士，皮皮直接朝她走過去，語氣堅定的說：「沒有。」

「妳要買什麼？」那位女士問。

「沒有。」皮皮又說了一次。

「我不明白妳的意思。」那位女士說。

「沒有，我沒有雀斑的煩惱。」皮皮說。現在那位女士終於聽懂了。她朝皮皮看了一眼，脫口而出，「可是孩子啊，妳整張臉都長滿了雀斑呀！」

「是啊，」皮皮說：「但是我不覺得煩惱，我喜歡我的雀斑。再見！」

皮皮朝店門口走去，到了門口又轉過頭大聲說：「如果店裡有可以讓人長出更多雀斑的面霜，妳可以寄個七、八罐給我。」

美容用品店的旁邊，是一家女性服飾店。

「我們什麼都還沒有買到呢，」皮皮說：「現在我們要加油一點了。」

他們大步走進店裡，皮皮領頭，湯米在中間，安妮卡殿後。

他們一進門，便看見一個穿著藍色絲質洋裝的假人模特兒，模樣非常漂亮。皮皮朝那個假人走過去，親切的握住她的手。

「妳好，妳好，」皮皮說：「妳就是這家店的老闆對吧？幸會，幸會。」皮皮一邊說，一邊更加熱情的握住這個假人的手。

緊接著，一起嚇人的意外發生了：假人的手臂鬆脫，從絲質洋裝裡掉了出來，於是皮皮就這樣握著那隻又長又白的假人手臂站在原地。湯米嚇得倒抽一口氣，安妮卡則是差點哭了出來。

店員衝過來，把皮皮臭罵了一頓。

皮皮聽了一會兒店員的訓話，然後才說：「別這麼激動，我以為這間商店是自助式的嘛，而我想要買這條手臂。」

店員一聽更生氣了，她說櫥窗模特兒是非賣品，而且也不能只買一條手臂。皮皮必須全額賠償，因為她把整個假人都弄壞了。

「奇怪了，」皮皮說：「幸好不是每個店家都這麼不講理。想想看，改天如果我想煮蔬菜糊當午餐，然後去肉鋪買一隻豬腳來配，結果老闆卻硬要把整頭豬賣給我！」

皮皮一邊說，一邊從圍裙口袋裡掏出幾枚金幣扔到桌上。店員看得目瞪口呆，一句話也說不出來。

「這些錢還不夠嗎？」皮皮問。

「夠，當然夠，這個假人其實不值這麼多錢。」店員回答，並且客氣的彎腰鞠躬。

「多的錢不用找了，妳留著給小孩買點好東西吧。」皮皮說著，走到了店門口。

店員跟在皮皮後面不停的鞠躬，詢問她該把這個假人送去哪裡。

「我只需要這隻手臂。我會直接帶著走，」皮皮說：「其他部分妳可以分給那些窮人，再見啦。」

等他們再度回到街上，湯米問皮皮：「妳要這隻手臂做什麼？」

「這隻手臂？」皮皮說：「我要這隻手臂做什麼？人們不是也有假牙和假髮嗎？有時候還有假鼻子呢，我就不能有一隻假手臂嗎？再說了，我告訴你們三條手臂有多麼實用。記得我和爸爸還在大海上航行的時候，有一次到一座城市，那裡的人都有三條手臂。他們很聰明吧？你們想想看，吃飯的時候，他們一手拿著叉子，另一手拿著刀子，要是忽然得挖鼻孔或抓耳朵怎麼辦？這種時候，第三隻手臂就派上用場了。我告訴你們喔，他們用這種方式節省了很多時間呢。」

皮皮露出思考的表情。

「唉呀，我又在說謊了！」她說：「真是奇怪，一不注意就會有這麼多謊話從我嘴裡冒出來，擋都擋不住。老實說，那座城市的人根本沒有三隻手臂，只有兩隻。」

她沉默了一會兒，陷入思考。

「那裡還有很多人只有一隻手臂，」皮皮說：「說實話，有些人甚至連一隻手臂都沒有，如果他們想吃東西，就得低頭去舔盤子，就像動物吃草一樣。他們當然也沒辦法自己搔耳朵，而是要拜託媽媽幫忙。是啊，事實就是這樣。」

皮皮悶悶不樂的搖了搖頭。

「老實說，我在那座城市看到的手臂，比在其他地方看到的還少。但是我這個人就是這樣，老是自以為了不起，喜歡胡說八道，胡謅出人有三隻手臂。」

皮皮把假手臂扛在肩上，繼續往前走。她在一間糖果店前面停下腳步，一大群小孩站在那裡，眼巴巴的看著櫥窗後面五顏六色的糖果：大玻璃罐裡裝滿了紅色、綠色、黃色的糖果，成排的巧克力棒，堆積如山的口香糖，還有讓人口水直流的棒棒糖。好迷人哪！難怪這些小孩會站在那裡不時的發出嘆息，因為他們身上沒有錢，就連一毛錢也沒有。

「我們要進去這家店嗎？」湯米熱心的問，扯了扯皮皮的衣服。

「當然要進去囉！」皮皮肯定的說，於是他們就進去了。

「我要買十八公斤的糖果。」皮皮在說話的同時，拿出一枚金幣揮了揮。

店員聽得目瞪口呆，因為很少有人會一次買這麼多糖果。

「妳的意思應該是要買十八顆糖果吧？」店員問。

「我的意思是我要買十八公斤的糖果。」皮皮說著，把那枚金幣放到櫃臺上。

店員趕緊動手把糖果倒進大紙袋裡。湯米和安妮卡站在旁邊，選出幾種最好吃的糖果。有個滋味美妙的紅色糖果，如果含在嘴裡一會兒，外層的糖衣就會融化，又軟又滑的糖心內餡會瞬間充滿口腔。還有一種略帶酸味的綠色糖果也不能錯過。覆盆子軟糖和甘草糖也很好吃。

「我們每一種糖果各買三公斤吧。」安妮卡提出建議，於是他們就這麼做了。

「如果再買六十根棒棒糖和七十二包太妃糖，那我今天就只要再買一百零三根巧克力棒就夠了，」皮皮說：「但是我還需要一輛小推車，才能帶走全部的東西。」

那位女店員說，隔壁的玩具店肯定有賣小推車。

這時候，糖果店外已經聚集了一大群小孩，他們隔著櫥窗愣愣的看著皮皮買下的東西，激動得差點昏倒。皮皮趕緊跑去玩具店買了一輛推車，把裝著糖果的紙袋全部放進去，然後看了看四周，大聲的說：「這裡有哪個小孩是不吃糖果的，請站出來。」

沒有人站出來。

「真奇怪，」皮皮說：「好吧，但是吃糖果的小孩總有吧？」

二十三個小孩站了出來，湯米和安妮卡當然也在其中。

「湯米，打開紙袋！」

湯米聽話照辦。接著，這座小鎮上前所未有的糖果盛宴就此展開。每個小孩的嘴裡都塞滿了紅色的夾心糖、微帶酸味的

綠色糖果，還有覆盆子軟糖和甘草糖。他們的嘴角還可以叼一根巧克力棒，因為巧克力和覆盆子軟糖的味道很搭。接著，有更多小孩從四面八方蜂擁而來，皮皮把滿手的糖果一把一把分給他們。

「我想，我還得再買十八公斤，」她說：「否則明天就沒得吃了。」

皮皮又買了十八公斤的糖果，儘管如此，明天能吃的糖果也所剩不多了。

「我們再去下一家商店吧。」皮皮說著，走進了一家玩具店。所有孩子都跟了過去。玩具店裡有許多好東西，包括：可以上緊發條的玩具火車和汽車、穿著漂亮衣裳的可愛娃娃、辦家家酒的餐具、玩具手槍、小錫兵、絨毛狗、絨毛大象，還有五彩繽紛的圖片和小木偶。

「妳想買什麼?」店員問。

「每種都買一點,」皮皮用審視的目光環顧四周,「小木偶的數量嚴重不足,」她繼續說:「玩具手槍也一樣,但我希望可以補足。」

皮皮掏出滿滿一把金幣,這樣每個小孩都可以挑選自己最想要的東西。安妮卡挑了一個穿粉紅色洋裝的金髮娃娃,如果按住它的肚子,它就會喊「媽媽」。

湯米想要一把空氣槍和一個火車頭,而他也得到了這兩樣玩具。其他孩子也挑選了自己想要的東西,等到皮皮買完,店裡就只剩下幾張彩色圖卡和幾塊積木了。皮皮沒有替自己買玩具,但是她替尼爾森先生買了一面鏡子。離開玩具店之前,皮皮還替每個小孩買了一個布穀鳥陶笛,那些孩子一走到街上就吹了起來,皮皮則用那條假人手臂替他們打拍子。

有個男孩跑來抱怨他的陶笛吹不出聲音。皮皮拿起陶笛檢查。

「嗯，口香糖堵住了洞口，吹不出聲音很正常。你是從哪裡拿到口香糖的？我記得我沒有買口香糖啊。」

「我星期五就有了。」男孩說。

「你不怕嘴巴黏住嗎？每次看到嚼口香糖的人，我都會這樣想。」

皮皮把陶笛還給男孩。現在他可以像其他孩子一樣，繼續開心的吹陶笛了。

整條大街上笛聲震天，結果引來一位警察，走過來查看發生了什麼事。

「怎麼這麼吵啊？」警察大喊。

「這首曲子是〈來吧，可愛的五月〉……」皮皮說：「但是我不確定是不是每個小孩都知道。有些小孩可能以為我們在吹奏〈雷聲隆隆〉。」

「馬上停止！」警察摀住耳朵大吼。

皮皮用那隻假人手臂拍拍他的背，安慰他說：「你應該慶幸我們買的不是小喇叭。」

漸漸的，笛聲一個接一個的安靜下來，最後只剩下湯米的陶笛偶爾還會小聲的響起。

警察板著一張臉，說明不准在大街上集會，要求所有小孩立

刻回家。那群小孩其實一點也不反對回家，因為他們很想回去玩剛買的玩具火車和汽車，還有新玩偶。於是他們全都心滿意足的回家去，連晚餐也不必吃了。

皮皮、湯米和安妮卡也想回家。皮皮推著那輛小推車，一邊走一邊看著沿路店家的招牌，努力唸出招牌上的字。

「藥房，嗯，大家是去那裡買藥吧？」皮皮問。

「對，那裡是賣藥的。」安妮卡說。

「噢，那我得馬上進去買點藥。」皮皮說。

「可是妳又沒有生病！」湯米說。

「現在沒病，不表示將來不會生病啊，」皮皮說：「每年都有很多人生病死掉，只因為他們沒有及時買到藥。我可不會讓這種可笑的事情發生在我身上。」

藥房裡有一位藥劑師正在捏製藥丸，但是他打算再捏幾顆就好，因為現在天色已晚，他預計待會兒就要打烊了。皮皮、湯米和安妮卡走到櫃臺前面。

「我要買四公升的藥。」皮皮說。

「哪種藥？」藥劑師不耐煩的問。

「喔，最好是那種能夠把病治好的藥。」皮皮說。

「哪一種病？」藥劑師的語氣更不耐煩了。

「嗯，就買那種能治百日咳、腳傷、肚子痛和水痘的藥吧，不小心把豌豆塞進鼻子的時候也要用得上。如果還能擦亮家具就更好了，最好是那種超級棒的藥。」

藥劑師說世界上沒有這種超級棒的藥，不同的疾病得用不同的藥治療。等到皮皮又說了她想治療的另外十種病痛，藥劑師拿出來的藥已經在桌上擺了整整一排。他在其中幾個瓶子寫上「外用」，意思是這些藥只能用來塗抹，不能吃下肚。皮皮付了錢，拿起那些瓶子，說了聲「謝謝」就走出藥房。

湯米和安妮卡也跟著皮皮走了出去。

藥劑師看了看時鐘，覺得該打烊了。在三個小孩離開之後，他仔細的鎖上店門，想著現在該回家好好吃點東西了。

皮皮一走出藥房，就把剛才買的瓶瓶罐罐全都擺在店門口。

「哎呀，我差點忘了最重要的事。」她說。

因為店門已經鎖上，她就用食指用力按住門鈴，按了很久很久，連湯米和安妮卡都能聽見藥房裡響起了刺耳的鈴聲。過了一會兒，門上的小窗總算打開了，這是夜間買藥專用的窗口，如果有人在夜晚生病，可以透過這裡買藥。藥劑師探出頭來，一張臉脹得通紅。「妳還要什麼？」他生氣的問。

「喔，藥劑師先生，很抱歉，」皮皮說：「我剛才突然想起一件事。既然你對疾病這麼了解，請問肚子痛的時候該怎麼做才好？是吃一根熱香腸呢？還是要把肚子泡在冷水裡？」

藥劑師的臉脹得更紅了。「妳給我滾，」他大吼，「而且最好是馬上離開，不然……」他用力關上了小窗。

「天哪，他居然氣成這樣，」皮皮說：「別人會以為是我做了什麼好事呢！」

她又按了門鈴，不過這次只等了幾秒，藥劑師的臉就出現在那個小窗口，而且整張臉紅得要命。

皮皮用和善的眼神看著他說：「熱香腸可能不太好消化吧。」

藥劑師沒有回答，反而用力的關上了小窗。

「好吧，」皮皮聳了聳肩說：「那我就試試熱香腸。如果出了問題，只能怪他囉。」

她從容的坐在藥房前的臺階上，把買來的瓶瓶罐罐一字排開。

「大人有時候實在很喜歡把事情弄得很複雜，」她說：「現在我這裡有——嗯，我來數數看——八個瓶子，其實只要一個瓶子就裝得下了，幸好我還算有點常識。」

說著，她拔出那些瓶子的軟木塞，把所有藥水全都倒進一個瓶子裡。她用力搖了搖瓶子，然後把藥水拿到嘴邊，咕嚕咕嚕的喝了好幾口。

安妮卡知道有幾瓶藥水只能外用，所以不安的問：「皮皮，妳怎麼知道這些藥沒有毒呢？」

「我會感覺到呀，」皮皮愉快的說：「最晚到明天就會感覺到了。如果到時候我還活著，就表示這個藥沒有毒，年紀再小的孩子也可以喝。」

湯米和安妮卡想了一下，然後湯米有點懷疑也有點害怕的說：「如果這個藥水有毒怎麼辦？」

「那你們可以把剩下的藥水，拿去擦亮餐廳的家具，」皮皮說：「這樣一來，不管有沒有毒，至少這個藥水都沒有白買。」

她拿起瓶子，把它放進推車。推車裡已經裝了那隻假人手臂、湯米的玩具火車頭和空氣槍、安妮卡的娃娃，還有一個裝著五顆小小紅色糖果的紙袋——那十

八公斤的糖果，最後就只剩下這些了。尼爾森先生也坐在推車上。牠累了，想要回家。

「對了，我認為這個藥很棒喔，」皮皮說：「我現在覺得舒服多了，尤其是尾巴特別有活力。」她扭了扭自己的小屁股。說完，皮皮就推著推車上路了，她一路扭啊扭的走回亂糟糟別墅。湯米和安妮卡走在皮皮旁邊，開始覺得肚子有點疼了。

第三章　皮皮寫了一封信，還去了學校一下下

「今天我和安妮卡寫了一封信給奶奶。」湯米說。

「哦，這樣啊，」皮皮用雨傘的傘柄攪拌鍋子裡的食物，心不在焉的說：「我在煮一頓豐盛的午餐，」她說著就彎下腰，嗅聞自己煮的東西，「這道料理要用力攪拌，煮一個小時，然後不放生薑，而且要馬上吃掉。你剛才說什麼？你寫信給你奶奶？」

「是啊，」湯米坐在皮皮家裝柴火的木箱上，兩條腿懸空晃啊晃的，「而且我們肯定很快就會收到她的回信。」

「我從來沒有收過信。」皮皮悶悶不樂的說。

「可是妳也沒有寫過信呀，」安妮卡說：「如果不寫信，當然不會收到回信。」

「這都是因為妳不想去上學啊，」湯米說：「不上學，妳就不會寫字。」

「我會寫字，」皮皮說：「我會寫很多字母，爸爸船上的水手佛里多教過我很多字母。如果字母不夠用，還可以用數字來幫忙。我當然會寫字，但是我不知道該寫什麼。信上究竟要寫些什麼呢？」

「喔，」湯米說：「我在信裡先問候奶奶過得好不好，然後再寫一下天氣之類的事。我還在今天的信裡，寫了我在我們家地下室打死一隻大老鼠的事。」

皮皮一邊攪拌一邊思索。

「別的小孩都會收到信，我卻連一封信也沒收過，我真替自己感到難過。這樣下去可不行，如果沒有奶奶會寫信給我，我可以寫給自己呀。我現在就動筆！」

她打開爐子的門，探頭往裡頭看。

「如果我沒有記錯，這裡應該有一枝鉛筆才對。」

爐子裡真的有一枝鉛筆。皮皮拿出鉛筆，撕開一個白色大紙袋，然後在廚房的餐桌旁坐下，皺著眉頭，露出一副正在認真思索的模樣。

「現在別來打擾我，我在思考。」皮皮說。

湯米和安妮卡決定趁皮皮寫信的時候和尼爾森先生玩。他們輪流替牠脫掉小西裝，然後再替牠穿上。安妮卡還試圖讓尼爾森先生睡在牠的綠色娃娃床上，因為她想假裝自己是護士，讓湯米扮演醫生，而尼爾森先生扮演生病的小孩。

但是尼爾森先生很任性，牠一再從床上爬出來，跳得高高的，用尾巴鉤住天花板上的吊燈，懸在半空中。

正在寫信的皮皮，抬頭看了一下。

「笨蛋尼爾森先生，」她說：「生病的小孩不准用尾巴倒掛在吊燈上，至少在這個國家不准。我聽說在南非會有這種事，如果小孩子發燒了，那裡的人會把小孩掛在吊燈上，一直掛到他恢復健康為止。可是你要記住，我們現在不是在南非！」

最後，湯米和安妮卡不再去折騰尼爾森先生，而是開始替那匹馬刷毛。他們跑去門廊找那匹馬的時候，馬兒很高興的嗅著他們的手，想知道他們有沒有帶糖塊來給牠。他們當然

沒有，但是安妮卡馬上跑進屋裡拿了一些出來。

皮皮寫了又寫，總算寫好了那封信。她沒有信封，於是湯米跑回家替她拿了一個過來，同時還遞給她一張郵票。皮皮把名字規規矩矩的寫在信封上：「亂糟糟別墅，皮皮洛塔．長襪小姐收」。

「信裡寫了什麼？」安妮卡問。

「我怎麼知道呢？」皮皮說：「我又還沒有收到信！」

這個時候，郵差剛好從亂糟糟別墅旁邊經過。

皮皮說：「有時候就是運氣好，你正需要郵差的時候，就來了一個。」她跑到馬路上對郵差說：「請你幫幫忙，把這封信立刻送給長襪皮皮小姐。這是限時信。」

郵差看了看那封信，接著看了看皮皮。

「妳不就是長襪皮皮嗎？」郵差問。

「當然啦，不然你以為我是誰？中國的女皇嗎？」

「喔，那妳為什麼不自己把信拿去？」郵差問。

「我為什麼不自己把信拿去？我應該要自己拿嗎？不行，這太過分了！難道現在大家都得自己送信嗎？那還要郵差做什麼？乾脆把他們全部當成廢物扔掉算了！這麼蠢的事我從來沒有聽說過。不行，老兄，如果你是這樣工作的，我保證你永遠當不上郵局局長。」

郵差表示他願意幫皮皮這個忙，於是把那封信塞進亂糟糟別墅的信箱。他一把信投進信箱，皮皮就迫不及待的把信取出來。

「噢，我真好奇，」她向湯米和安妮卡說：「這是我這輩子收到的第一封信。」

三個孩子坐在門廊臺階上，皮皮撕開了信封。湯米和安妮卡探頭從皮皮的肩膀上看過去，和她一起讀信：

˙ㄑㄧㄣ ㄞˋ的皮皮，

妳好ㄇㄚ？沒有生丙吧？有注一見ㄎㄤ ㄇㄚ？我的兩各交ㄓˇ ˙ㄊㄡ都在ㄊㄨㄥˋ，因ㄨㄟˋ 一ㄓˊ 扭 ㄉㄨㄥˋ的官西。昨天去ㄤ米折ㄉㄨㄢˋ了梨子ㄕˋㄨ的一根ㄕˋㄨ枝，ㄏㄞˋ打死了一ㄓ老ㄕˇㄨ。

ㄓˋㄨ好

皮皮上

「噢，」皮皮興奮的說：「湯米，我這封信跟你寫給奶奶的幾乎一樣，所以可以確定這是一封真正的信。我要把它收好，保存一輩子。」

她把信塞回信封，再把信封放進客廳大五斗櫃的一個小抽屜。

對湯米和安妮卡來說，欣賞皮皮收藏在五斗櫃裡的寶貝，是一件很有趣的事。皮皮偶爾會塞給他們一件小禮物，但是留在抽屜裡面的東西還是很多。

等到皮皮收好信，湯米說：「不過，妳寫了很多錯別字。」

「是啊，妳應該要去上學，把寫字學好一點。」安妮卡說。

「不用了，謝謝，」皮皮說：「我曾經去學校上過一整天的課，結果腦袋裡塞了太多東西，一直到現在都還覺得頭昏腦脹。」

「可是再過不久我們就要去遠足了，」安妮卡說：「全班一起去。」

「真過分，」皮皮咬住她的一根辮子說：「太過分了！因為我沒有去上學，就不能跟著你們一起去遠足！難道我沒有去上學，沒有學過久久纏法，他們就可以這樣對待我嗎？」

「是九九乘法啦！」安妮卡加重語氣說明。

「我也是這麼說的呀——久久纏法。」

「我們要去很遠的森林喔，要走一個小時，然後在那裡玩。」湯米說。

「太過分了。」皮皮又說了一次。

第二天天氣溫暖晴朗，小鎮上的學童很難安靜的坐在教室椅子上。老師打開所有的窗戶，讓陽光照進教室。緊貼著教室的牆外，長著一棵樺樹，有隻椋鳥棲息在樹梢上，快活的啾啾鳴叫。

湯米、安妮卡和班上的同學只顧著聽牠歌唱，對於老師教的「9×9＝81」一點也不感興趣。

忽然，湯米吃驚的從椅子上跳起來。

「倫德老師，妳看，」他指著窗戶大喊：「皮皮在那裡！」

全班同學都往同一個方向看。果然沒錯，皮皮就坐在那棵樺樹的枝椏上。那根枝椏一直延伸到窗臺，所以皮皮幾乎可以說是坐在窗戶前面。

「哈囉，老師！」皮皮大喊：「哈囉，小朋友！」

「妳好啊，小皮皮。」老師說。皮皮曾經來學校上過一整天的課，所以老師認得她。老師和皮皮講好，也許等皮皮年紀再大一點，變得更懂事，她就可以再來學校。

「小皮皮，妳想做什麼呢？」老師問。

「喔，我想請妳把久久纏法從窗戶扔出來，」皮皮說：「只要扔讓我能一起去遠足的分量就好。如果你們發現了幾個新的字母，也可以一起扔出來。」

「妳不想進教室嗎？」老師問。

「還是不要比較好，」皮皮老實的說，然後舒舒服服的靠坐在樹枝上，「那只會弄得我頭昏腦脹。我的腦袋裡塞滿了知識，都能用刀子切下來了。可是老師，」皮皮滿懷希望的繼續說：「妳覺得會不會有一些知識從窗戶飛出來，然後留在我身上，剛好夠讓我一起去遠足呢？」

「有可能喔。」老師說完，就繼續上算術課。

看見皮皮坐在窗外的樹上，孩子們都覺得很有趣。上次皮皮上街買東西的時候，他們全分享到了她買的糖果和玩具。這次，皮皮把尼爾森先生也帶來了，孩子們興味盎然的看著牠在樹枝上盪來盪去。牠偶爾也會跳進窗戶，有一次牠用力一跳，落在湯米

18

的頭上，還動手搔抓他的頭髮。

老師要皮皮把尼爾森先生叫出去，因為剛好輪到湯米計算315除以7等於多少，如果有一隻猴子坐在他頭上，他當然會算不出來。可是教室已經無法恢復平靜了。春天的陽光、椋鳥，再加上皮皮和尼爾森先生，這些事物讓孩子們完全無法靜下心來。

「小朋友，我覺得你們全都心浮氣躁。」老師說。

「喔，老師，妳知道嗎？」皮皮在窗外的樹上說：「老實說，這種日子不太適合學久久纏法。」

「我們現在學的是除法。」老師說。

「不管是纏法還是除法，在這樣的日子根本不應該學什麼『法』，」皮皮說：「一定要學的話，應該學『玩法』才對。」

老師放棄了。

「皮皮，也許妳可以示範一下什麼是『玩法』。」老師說。

「不行耶，我也不怎麼精通『玩法』，」皮皮倒掛在樹枝上，紅色的辮子差點就掃過地面，「但是我知道有一所學校，那裡除了『玩法』其他一概不教，一整天的課表上都寫著『玩法課』。」

「哦，這樣啊，」老師說：「這所學校在哪裡呢？」

「在澳洲，」皮皮說：「一個火車鐵道旁的小地方，它在澳洲南部啦。」

她把倒掛的身體轉正，坐在樹枝上，興奮得雙眼發亮。

「他們是怎麼上『玩法課』的呢？」老師問。

「每次上課的內容都不一樣，」皮皮說：「他們通常會先用潛水的姿勢跳出窗外，然後發出一聲狂野的呼喊，再衝回教室，在椅子上跳來跳去，一直跳到跳不動為止。」

「那老師會怎麼說呢？」老師問。

「老師嗎？」皮皮說：「老師也一起跳啊，而且跳得比學生更快。小朋友通常會打架打個半小時左右，老師就站在旁邊替他們加油。如果碰到下雨天，小朋友就會脫掉衣服，跑進雨中蹦蹦跳跳，然後跳起舞來。這時候，老師就會用風琴彈一首進行曲替他們伴奏，給他們打拍子。有些小朋友還會站在屋簷的排水管下面，痛快的沖個澡。」

「哪有這種事！」老師說。

「真的有喔，」皮皮說：「那是一所很棒的學校，在澳洲數一數二，但是它位在澳洲南部很遠的地方。」

「我可以想像，」老師說：「但是在我們學校，我不認為可以這樣上課。」

「真可惜，」皮皮說：「如果上課只要在椅子上跳來跳去，我就敢進去教室和你們待久一點。」

「妳得等到我們去遠足的時候才能跳來跳去。」老師說。

「我真的可以一起去嗎？」皮皮大喊著，高興得在樹上翻了一個筋斗，「我一定要寫信寄去澳洲，告訴他們隨便他們想上多少『玩法課』都沒關係，反正遠足一定更好玩。」

第四章　皮皮跟著去遠足

馬路上傳來啪答啪答的腳步聲，還有許多人聲笑語。大家全都來了：湯米背著背包，安妮卡穿著嶄新的洋裝，老師和全班同學幾乎全員到齊，只有一個可憐的小朋友沒來，因為他偏偏在遠足這一天喉嚨痛。皮皮也來了，她騎著馬走在隊伍的最前面！尼爾森先生坐在她的後面，手裡拿著一面小鏡子，玩反射陽光的遊戲。每當牠成功把陽光反射到湯米的眼睛，就會露出一副開心的模樣。

安妮卡本來很確定遠足這天會下雨，而且幾乎都要跟老天爺生氣了。不過有時候就是運氣好！遠足日當天，太陽跟平常一樣燦爛耀眼。安妮卡穿著嶄新的衣裙出門遠足，心情十分雀躍，每個小朋友的表情看起來也是興高采烈。孩子們看到路邊長著一大片貓柳，還經過一片長滿報春花的草地，他們打算在回程的路上摘一把貓柳和一大束報春花回家。

「真好，真是美好的一天。」安妮卡感嘆的說完，轉頭看向騎在馬背上的皮皮，她挺拔的坐姿就像是一位將軍。

「是啊，」皮皮說：「自從我在舊金山打倒那個黑人拳擊手之後，就沒有這麼開心過了。妳想騎一下馬嗎？」

安妮卡很想騎，於是皮皮把她抱上馬背，讓她坐在自己的前面。其他小朋友看見了，當然也想要騎馬，於是皮皮就讓他們一個一個輪流騎，不過安妮卡和湯米可以比其他人騎得久一點。後來有個女生在走路時磨破了腳，皮皮就讓她坐在自己後面，一路都騎在馬上，但是尼爾森先生一逮到機會就去拉那個女生的辮子。

遠足的目的地是個名叫「怪物森林」的地方，因為這座樹林美得出奇，就像怪物一樣非比尋常。快要抵達的時候，皮皮從馬鞍上跳下來，摸了摸她的馬說：「你載我們走了這麼久，一定很累了，不能讓你這樣操勞。」於是皮皮用她強壯的手臂把馬舉起來，抬著牠往前走，直到抵達一塊林間空地時，老師才叫大家停下腳步。

皮皮看了看四周，大喊：「出來，你們這些怪物全部給我出來，我們來比比看誰的力氣最大！」

可是老師告訴她，森林裡沒有怪物。皮皮覺得非常失望。「怪物森林裡居然沒有怪物？這個名字取得真是莫名其妙！以後搞不好還會有沒有火的火海、沒有樹的聖誕樹。真是豈有此理！如果哪天他們搞出沒有糖果的糖果店，那我就要去找他們理論了！唉，沒辦法了，看來我只好自己當怪物囉。」

皮皮發出一聲嚇人的怒吼，聲音大得讓老師不得不摀住耳朵，其中還有好幾個小朋友也嚇壞了。

「好耶，我們來玩遊戲，讓皮皮當怪物！」湯米興奮得拍手大喊。

所有小朋友都覺得這是個好主意。於是，怪物坐在一道深深的岩縫裡，假裝那裡是牠的巢穴。其他小孩都跑過去取笑牠，還大喊著：「笨蛋怪物，笨蛋怪物！」

怪物大吼大叫的衝出岩縫追趕那些小孩，小孩則四處奔逃躲藏。如果讓怪物皮皮抓到，就會被拖進洞穴，讓怪物煮來當午餐。可是怪物出去追捕更多小孩的時候，那些被抓到洞穴的小孩就有機會逃走。不過要逃走可不容易，因為他們得爬上高高的岩壁，而且這片岩壁上只有一棵矮小的雲杉可以讓人抓住當作支撐，孩子們要夠機靈，知道該把腳踩在什麼地方才能逃出生天。好刺激啊！小朋友覺得這是他們玩過最有趣的遊戲。老師躺在草地上看書，偶爾才抬頭看看那些小朋友的狀況。

「這是我這輩子見過最狂野的怪物。」她喃喃自語。

老師說得一點也沒錯。怪物又跳又叫，一次把三、四個男生扛在肩膀上，將他們拖進洞裡。有時候，怪物會以驚人的速度爬上最高的樹，從一根枝椏跳到另一根枝椏，就像一隻猴子。有時候，怪物會跳上馬背，騎馬追捕幾個逃到樹林裡的小孩。當馬兒飛奔而過，怪物就會從馬鞍上彎下身子，一把抓住那些小孩，把他們扔上馬背坐在自己前面，帶著他們急馳回洞穴，還一邊大聲吶喊：「現在我要把你們煮來當午餐！」

這個遊戲實在太好玩了，大家都玩得不亦樂乎。

但是忽然之間，怪物安靜了下來。湯米和安妮卡跑過去查看發生了什麼事，卻看見怪物坐在一塊石頭上，看著手裡捧著的東西，露出一副非常怪異的表情。

「牠死掉了，你們看，牠真的死掉了。」怪物說。

死掉的是一隻從鳥巢裡掉出來的幼鳥。

「唉，好可憐。」安妮卡說。怪物點頭同意。

「皮皮，妳在哭耶。」湯米忽然這麼說。

「我哭了嗎？」皮皮說：「我才不會哭呢。」

「可是妳的眼睛都紅了。」湯米說。

「眼睛紅！」皮皮說著，就把尼爾森先生的小鏡子拿過來照自己，「這樣叫眼睛紅嗎？那你應該跟我和爸爸一起去巴達維

亞走一趟！那裡有一個老先生，他的眼睛紅到連警察都不准他出現在馬路上。」

「為什麼？」湯米問。

「因為別人會以為他的眼睛是紅燈啊！你懂了嗎？他不管去哪裡，都會造成交通癱瘓。我的眼睛紅了？才沒有呢，別以為我會為了這麼一隻小鳥哭泣！」皮皮說。

「笨蛋怪物！笨蛋怪物！」小朋友從四面八方跑過來，想看怪物躲到哪裡去了。於是，怪物把小鳥輕輕放到柔軟的苔蘚上。

「假如我辦得到，我會讓你再活過來。」怪物深深嘆了一口氣，接著發出嚇人的吼聲大喊：「現在我要把你們煮來當午餐！」小朋友歡聲尖叫，立刻躲進樹叢裡。

班上有個名叫烏拉的女生，就住在怪物森林附近，她媽媽答應讓她邀請老師和班上同學來家裡的院子吃點心，當然也包括皮皮。現在，小朋友玩怪物追捕的遊戲已經玩了很久，也在岩石附近爬來爬去好一會兒，又用樹皮做成小船，放在一個大水窪裡航行，並且看誰敢從一塊高高的大石頭上往下跳。這時候，烏拉說大家應該去她家喝點覆盆子果汁。老師已經把帶來的書從頭到尾讀過一遍，覺得現在確實應該離開了，於是就把小朋友集合起來，大家排隊離開怪物森林。

離開森林的途中，他們看見林外道路上，有個人駕著載滿麻袋的馬車迎面而來。那些麻袋又多又重，那匹馬則是又老又累。結果，馬車的一個輪子忽然滑進水溝，駕車的男子——布隆斯特倫大發雷霆，覺得都是那匹馬的錯，於是拿起皮鞭劈哩啪啦的用力抽打馬背。那匹馬使盡全力，試圖把車子拉回路上，但是怎麼也拉不回來。布隆斯特倫更生氣了，手上的鞭子也抽打得愈來愈用力。老師看見這番場景，非常同情那匹可憐的馬，於是大喊：

「你怎麼可以鞭打動物！」

布隆斯特倫暫停揮動鞭子，吐了一口口水才回答：

「少管閒事，」他說：「不然我會用鞭子把你們全都抽一頓！」

他又吐了一口口水，接著又拿起鞭子。

那匹可憐的馬全身都在顫抖。這時，有個東西像閃電一樣，從一群小孩當中衝了出來。原來是皮皮，她的鼻子周圍全都發白了。湯米和安妮卡知道，如果皮皮的鼻子周圍發白，就表示她很生氣。她直接衝向布隆斯特倫，把他抓起來拋向空中。等他從空中落下，皮皮又接住他，把他再次拋向空中。他就這樣來回飛向空中四次、五次、六次，完全不知道自己身上到底發生了什麼事。

「救命啊，救命！」他驚慌失措的大喊。

最後他「砰」的一聲重重摔在馬路上，手裡的鞭子也不知道掉到哪裡去了。皮皮雙手叉腰站在他面前。

「不准再打那匹馬！」皮皮斬釘截鐵的說：「不准再打，你聽懂了嗎？有一次在南非的開普敦，我也見過一個人在打他的馬。那個人穿著一套非常漂亮的制服，但是我對他說，如果他再打他的馬，我就會把他痛揍一頓，打得他那件漂亮制服連一個線頭都不剩。結果一個星期之後，他又打了馬，所以那套漂亮的制服就沒啦！」

布隆斯特倫依然暈頭轉向的坐在馬路上。

「你載著這些東西要去哪裡？」皮皮問。

那個人怯生生的指著不遠處的一棟小屋。

「我要去那裡，回家。」他說。

皮皮解開那匹馬的韁繩，那匹馬又累又怕，全身還不停的發抖。

「我的小馬，現在你可以體驗一下不同的感受了。」皮皮說著，就用她強壯的手臂把馬舉起來，把牠抬進了馬廄。那匹馬的模樣，看起來就跟布隆斯特倫一樣驚訝。

老師和小朋友在路上等待皮皮。布隆斯特倫站在馬車旁邊搔頭抓耳，不知道該怎麼把馬車弄回家。這時皮皮回來了，她從車上拿下一個沉重的大麻袋，擱在布隆斯特倫的背上。

「好了，現在讓我們來瞧瞧，你背東西是不是也跟用鞭子打馬一樣能幹。」皮皮拿起鞭子說：「你這麼喜歡鞭打，本來我也應該要用鞭子抽你一下，但是這條鞭子有點壞了，」說著，皮皮把鞭子扯斷了一截，接著又說：「現在是徹底壞掉了。」她把鞭子扯斷成好幾截。

布隆斯特倫一句話也不敢說，背起麻袋就往前走，只稍微發出了一點呻吟聲。皮皮抓起馬車的拉桿，把馬車拉往布隆斯特倫的房子。

等她把馬車拉到布隆斯特倫家的馬廄前面，皮皮說：「不客氣，這是免費的，我很樂意這麼做。剛才的空中飛行也是免費的。」說完，她頭也不回的轉身離開。布隆斯特倫在那裡站了很久，一直呆呆的看著皮皮的背影。

皮皮走回來的時候，孩子們高聲大喊：「皮皮萬歲！」

老師也很滿意皮皮的表現，開口稱讚她。「這件事妳做得很好，」老師說：「我們應該要善待動物，當然也要善待別人。」

皮皮坐在馬背上，露出心滿意足的表情。

「是啊，我對布隆斯特倫真的很好，」她說：「我讓他飛上天那麼多次，而且完全免費！」

老師繼續說：「要善待別人，對別人友善，這就是我們活著的意義。」

皮皮在馬背上倒立，一雙腿來回踢動。

「嘿嘿，」她說：「別人活著是為了什麼呢？」

烏拉家的庭院擺了一張很大的長桌，上面擺滿了餅乾和肉桂捲，孩子們看著這些美食直流口水，趕緊圍著桌子坐下來。皮皮坐在桌緣比較窄的那一端，一坐下，就把兩個肉桂捲同時塞進嘴裡，那圓鼓鼓的腮幫子，看起來就像是教堂裡臉頰豐腴的小天使。

「皮皮，妳要等主人說開動才能享用食物。」老師責備她。

「不用這麼麻煩，」皮皮從塞滿肉桂捲的嘴裡，勉強擠出這幾個字，「我沒那麼講究。」

就在這個時候，烏拉的媽媽走到了皮皮身旁，她一手拿著一壺覆盆子果汁，一手拿著一壺熱可可。

「妳要喝果汁還是熱可可？」烏拉的媽媽問。

「果汁和熱可可都要，」皮皮說：「我要用果汁搭配一個小麵包，再用熱可可搭配另一個小麵包。」

她直接從烏拉媽媽的手裡拿走那兩壺飲料，就著壺子的瓶口各喝了一大口。

烏拉的媽媽露出驚訝的表情，於是老師小聲向她解釋，「這孩子一直生活在船上，長年在大海上航行。」

「我明白了。」烏拉的媽媽點了點頭，決定不去計較皮皮的失禮。

「要來點薑餅嗎？」烏拉的媽媽把放著薑餅的盤子遞給皮皮。

「嗯，我要來一點，」皮皮因為自己的俏皮話開心得格格笑，「不過這些薑餅的形狀有點畸形，希望它們還是很好吃。」皮皮說著，伸手拿了一大把薑餅。

接著，她發現距離比較遠的桌面上，放了一盤粉紅色的餅

乾。她輕輕拉了拉尼爾森先生的尾巴說：「嘿，尼爾森先生，你去替我拿一片那個粉紅色的東西，也可以順便幫你自己拿個兩、三片。」

於是，尼爾森先生跑過大半張桌子，弄得大家杯子裡的果汁都灑出來了。

「希望妳吃飽了。」皮皮離開餐桌去向主人道謝時，烏拉的媽媽對她這麼說。

「嗯，其實我沒有吃飽，而且還很口渴。」皮皮搔了搔耳朵說。

「喔，是我們招待得不夠豐盛。」烏拉媽媽說。

「的確不夠豐盛，但是幸好沒有更少。」皮皮和氣的回答。

看到這個情況，老師決定和皮皮談一談，如何有禮貌的應對進退。

「聽我說，皮皮，」老師說：「等妳長大了，妳肯定會想成為一位真正的淑女，對不對？」

「妳的意思是用面紗遮住鼻子，有三層下巴的那一種？」

「我說的是知道如何應對進退，而且總是有禮貌、有教養。妳不想成為那樣的淑女嗎？」

「我可以考慮看看，」皮皮說：「可是老師，妳知道嗎？我已經決定長大要當海盜了。」皮皮想了一下，繼續說：「老師，妳覺得一個人可以同時當海盜和真正的淑女嗎？」

老師覺得不行。

「唉，那我到底該怎麼決定呢？」皮皮苦惱的說。

老師認為，皮皮將來不管要選擇什麼樣的生活都沒有關係。但是無論如何，學會禮貌的應對進退，對她來說都沒有壞處。總而言之，皮皮剛才在餐桌上的言行舉止，實在是很失禮！

「知道如何應對進退，實在是太難了！」皮皮嘆了一口氣，「妳不能把最重要的規則告訴我嗎？」

老師盡力向皮皮說明，皮皮也聽得津津有味：主人還沒有說開動，客人不可以先拿東西吃。一次只能拿一塊蛋糕，而且不可以用刀子吃東西。和別人說話的時候，不可以搔耳朵。還有這個不能做，那個不能做。

皮皮一邊思考一邊點頭。「我每天早上會提早一個小時起床練習，」皮皮說：「如果將來我決定不要當海盜，至少還能熟悉成為淑女的技巧。」

安妮卡坐在距離老師和皮皮有一小段距離的草地上。她正在發呆，還伸手去挖鼻孔。

「安妮卡，」皮皮嚴肅的大喊：「妳在幹麼？要記住，一位真正的淑女，只有在身邊沒有其他人的時候才會挖鼻孔。」

這個時候，老師說要準備回家了。所有的小朋友都排好隊伍，只有皮皮還坐在草地上。她露出專注的神情，彷彿在聆聽什麼聲音。

「怎麼啦，小皮皮？」老師問。

「老師，」皮皮說：「一位真正的淑女，可以肚子咕嚕咕嚕叫嗎？」

她繼續安靜的坐著，專注的聆聽。

「如果不行，」最後她開口說：「那我最好還是現在就決定當個海盜吧。」

第五章　皮皮逛市集

在這個很小、很小的小鎮上，舉辦了年度市集。

這樣的市集一年會舉辦一次，而且每次都會發生好玩的事情，所以鎮上所有的小孩都歡天喜地，很高興有這麼棒的活動。在舉辦活動的這一天，小鎮看起來和平常截然不同，到處人擠人、旗幟飄揚，而且廣場上搭起許多攤位，販賣各種琳瑯滿目的東西。

年度市集總是熱鬧非凡，光是在街上逛一圈就覺得很有趣了。最棒的是，在海關樓旁邊搭起了大型遊樂場，裡頭有旋轉木馬、射擊攤位、劇場和數不清的遊樂設施，另外還有一個動物展覽場！那裡有各式各樣的動物：老虎、蟒蛇，還有猴子和海獅。站在動物展覽場前面，你能聽見從來沒聽過的奇特低吼和咆哮，只要有錢買票，還可以進場看個清楚。

這就難怪安妮卡興奮得連頭上的蝴蝶結都在顫動了。在年度市集開始的那一天，安妮卡一早就打扮整齊，湯米也匆匆忙忙的吃早餐，差點把整個起司三明治一口吞下去。媽媽問湯米和安妮卡想不想跟她一起去逛市集，但是湯米和安妮卡吞吞吐吐的說，如果媽媽不反對，他們比較想和皮皮一起去。

兄妹倆鑽進亂糟糟別墅的庭院大門，湯米對安妮卡說：「妳知道的，我覺得跟皮皮一起去會更好玩。」

安妮卡也有同感。

與此同時，皮皮已經穿戴整齊，站在廚房等待湯米和安妮卡。她總算找到那頂大如車輪的帽子，原來它被擱在堆放木柴的小房間了。

「我都忘了最近曾經用這頂帽子去裝木柴，」皮皮一邊說，一邊把帽子壓低到眼睛的高度，「我看起來漂亮吧？」

湯米和安妮卡無法否認皮皮的話。皮皮用煤炭把眉毛塗黑，用紅色顏料塗了嘴巴和指甲，還穿上一件漂亮的長禮服。禮服的領口很低，露出裡面的藍色背心。裙襬下面是她那雙大黑鞋，這雙鞋子比平常還要漂亮，因為皮皮在鞋子上繫了綠色的蝴蝶結，只有在參加正式場合時，她才會繫上蝴蝶結。

「我覺得去逛年度市集，應該要打扮得像個真正的淑女。」皮皮穿著那

雙大鞋子，盡可能優雅的踩著小碎步走在街道上。她提起裙襬，每隔一段時間就嗲聲嗲氣的說：「美妙極了！真是令人陶醉！」

「什麼事情讓妳那麼陶醉？」湯米問。

「我自己啊。」皮皮得意的說。

湯米和安妮卡覺得，舉辦年度市集的這一天，一切都令人陶醉。在街上隨著人潮，從一個攤位逛到另一個攤位，欣賞每個攤子擺放的展示品，真是有意思極了。皮皮買了一條紅絲巾給安妮卡，也替湯米買了一頂鴨舌帽。湯米一直很想要一頂這樣的帽子，但是媽媽不肯買給他。皮皮在另一個攤位買了兩個玻璃鐘送他們，裡面裝滿了粉紅色和白色的糖球。

「噢，皮皮，妳真好。」安妮卡緊緊抱著那個玻璃鐘說。

「噢，是啊，真是令人陶醉。」皮皮優雅的拉了拉她的裙襬。

有一股人潮正在往海關樓的方向移動，皮皮、湯米和安妮卡也隨著人潮走過去。

「好熱鬧啊！」湯米興奮的喊著。這裡有手搖風琴演奏，還有旋轉木馬繞著圓圈轉動，到處都是人們的歡聲笑語。射飛鏢和砸瓷器的攤位生意興隆，在氣槍射擊攤位前面，更是人人搶著要大顯身手。

「我想要仔細的瞧一瞧。」皮皮拉著湯米和安妮卡，走到一個射擊攤位前面。這個攤位剛好沒有顧客，負責收錢和發放氣槍的婦人看起來悶悶不樂，但是三個小孩算不上是真正的顧客，她根本懶得搭理他們。

皮皮興致盎然的看著用厚紙板做成高大老人模樣的槍靶。那個人形靶子穿著藍色大衣，有著一張圓圓的臉，臉中央還有個紅鼻子。這個紅鼻子就是靶心，如果射不中，至少要想辦法射在鼻子附近，如果連臉都沒有射中，就算是射偏了。

三個孩子一直站在攤子前張望，讓那位婦人很不高興，因為她希望有付得出錢的顧客上門消費。

「你們要一直站在這裡嗎？」她板著臉問。

「不，」皮皮一本正經的回答：「我們要坐在市集廣場上敲堅果。」

「那你們看什麼看？」那個婦人的語氣更兇了，「你們在等人來射擊嗎？」

「不是，」皮皮說：「我們在等著看妳翻筋斗。」

就在這個時候，有顧客上門了。那是一位穿著講究的男士，腰間掛著一條金鍊子。他拿起一把槍，在手裡掂了掂重量。

「我該連著射擊幾發嗎？」他說：「讓大家瞧瞧該怎麼射擊。」

他環顧四周，想看看附近有沒有觀眾，但是那裡就只有皮皮、湯米和安妮卡三個人。

「小朋友，看好囉，」那個人說：「現在就讓你們見識一下射擊的技巧。射擊就是要這樣做！」

他把氣槍舉到臉頰旁邊，射出了第一發子彈——結果沒射中。第二發子彈——也沒中。第三發和第四發——還是射偏了。最後第五發子彈，射中了那個紙人的下巴。

「這把槍太爛了！」那位衣冠楚楚的男士生氣的說完，便把槍扔到一旁。

皮皮撿起那把槍，填裝子彈。

「噢，那位叔叔真厲害！」她說：「下次我會按照叔叔示範的方式射擊，而不是像我這樣！」

砰、砰、砰、砰、砰！五發子彈都擊中了紙人的鼻子。皮皮掏出一枚金幣，交給射擊攤位收錢的婦人，然後就離開了。

遊樂場裡的旋轉木馬漂亮極了，湯米和安妮卡看見時，興奮得屏住了呼吸。有黑色、白色和棕色的木馬可以騎，那些木馬是用真正的鬃毛裝飾，還配備了馬鞍和轠繩，看起來就像是一匹真正的馬，而且每個人都可以選擇自己想騎的那一匹。皮皮用一枚金幣買旋轉木馬的票，結果買到的票多到連她的大錢包都裝不下。

「假如我再多付一枚金幣，就能把這個轉啊轉的東西買下來了。」皮皮對站那裡等她的湯米和安妮卡說。

湯米挑了一匹黑馬，安妮卡挑了一匹白馬。皮皮讓尼爾森先生坐在一匹模樣狂野的黑色木馬上。尼爾森先生一上馬，就開始撥弄那匹馬的馬鬃，想看看裡面有沒有跳蚤。

「尼爾森先生也要坐旋轉木馬嗎？」安妮卡驚訝的問。

「當然囉，」皮皮說：「如果我事先想到，就會把我的馬也帶來。牠需要一點調劑，而且一匹馬坐在木馬上，一定很稀奇！」

皮皮騎上一匹棕色木馬。不一會兒，旋轉木馬轉動起來，響起了手搖風琴演奏〈你還記得童年時光嗎？〉的旋律。

湯米和安妮卡覺得坐旋轉木馬實在太好玩了。皮皮似乎也很喜歡，她在木馬上倒立，兩條腿在半空中伸得直挺挺的，身上的長禮服順勢滑落到她的脖子上。站在旋轉木馬旁邊看熱鬧的人，只看見一件藍色背心和一條綠褲子，還有皮皮瘦長的雙腿上，一隻穿著棕色、一隻穿著黑色的長襪，再加上那雙搖來晃去的大黑鞋。

玩完第一回合，皮皮說：「真正的淑女，就是這樣騎旋轉木馬的。」

三個孩子就這樣騎了整整一個小時的旋轉木馬，直到皮皮開始眼花，把一座旋轉木馬看成了三座。

「很難決定該去哪個旋轉木馬，」皮皮說：「我們還是繼續往前走吧。」

皮皮還剩下很多票，於是她把票送給幾個在旁邊觀看卻沒有錢玩的小孩。

旋轉木馬附近有一個帳篷，有個男子站在前面大喊：「下一場演出再過五分鐘就要開始了！請別錯過這場扣人心弦、獨一無二的好戲，劇名是《奧羅拉伯爵夫人謀殺案》，又叫作《是誰在樹叢裡鬼鬼祟祟？》」

皮皮說：「如果有人在樹叢裡鬼鬼祟祟，那我們得弄清楚那個人是誰，而且要馬上把他抓出來。來吧，我們進去！」

皮皮走向售票口。

「如果我保證只用一隻眼睛觀賞，可以算我半價嗎？」皮皮忽然想到自己應該要節省一點，但是售票小姐不同意。

走進帳篷後，皮皮、湯米，還有安妮卡在簾幕正前方坐下，皮皮不滿意的說：「我沒有看見樹叢，也沒有看見鬼鬼祟祟的人。」

湯米說：「表演還沒有開始啦！」

就在這時，簾幕拉開了，大家看見奧羅拉伯爵夫人在舞臺上走來走去。她絞著雙手，看起來很不快樂。皮皮聚精會神的看著她的一舉一動。

「她一定很傷心，」皮皮對湯米和安妮卡說：「不然就是她衣服上的別針鬆開了，一直刺到她。」

但是奧羅拉伯爵夫人的確很傷心。她看著天花板，哀怨的說：「世上還有比我更不幸的人嗎？我的孩子被人搶走，丈夫失蹤，而且身邊全是想要殺害我的強盜和壞蛋！」

「噢，光聽就覺得很悲慘啊。」皮皮說著就紅了眼眶。

「我真希望自己已經死了。」奧羅拉伯爵夫人說。

皮皮一聽，眼淚不禁奪眶而出。

「親愛的夫人，妳別說這種話，」皮皮啜泣著說：「情況會好轉的。妳的孩子會想辦法回來，妳也一定會找到新的丈夫。天底下的男人這麼多……」皮皮一邊啜泣一邊說。

這個時候，劇場經理走了過來，他就是剛才站在帳篷前面招攬觀眾的人。他說，如果皮皮不能安安靜靜的坐著，就請她立刻離開劇場。

「我會盡量安靜。」皮皮揉著眼睛說。

這齣戲的劇情非常懸疑，湯米緊張的捏著帽子，安妮卡把雙手交疊在大腿上。皮皮淚溼了雙眼，視線沒有一刻離開過奧羅拉伯爵夫人。

可憐的伯爵夫人愈來愈悲慘。她在城堡花園裡來回踱步，不知道就要大難臨頭。忽然，大家聽見了一聲尖叫。

發出尖叫的人是皮皮。她發現有個人躲在一棵樹後面，看起來不怎麼友善。

奧羅拉伯爵夫人可能也聽見了窸窸窣窣的聲音，她用驚嚇的聲音說：「是誰鬼鬼祟祟的躲在樹叢裡？」

「我可以告訴妳是誰！」皮皮熱心的說：「那是個陰險可惡的傢伙，留著黑色的小鬍子。妳趕快躲進小木屋，把門鎖上！」

這下子，劇場經理又朝皮皮走過來，要她馬上離場。

皮皮說：「我怎麼能讓奧羅拉伯爵夫人獨自面對壞蛋呢！你太不了解我了！」

舞臺上，戲劇仍然繼續上演。那個可惡的傢伙忽然從樹叢裡冒出來，撲向奧羅拉伯爵夫人。

「哈，妳的死期到了。」他惡狠狠的說。

「我們等著瞧。」皮皮一個箭步便跳上舞臺，抓住那個壞蛋往觀眾席上扔。而且皮皮一直哭個不停。

「你怎麼能做這種事？」她啜泣著說：「你跟伯爵夫人究竟有什麼仇恨？她的孩子和丈夫都不在身邊了！只剩下她孤伶伶的一個人耶！」

伯爵夫人暈倒在庭院的長椅上，皮皮朝她走過去，安慰她，「如果妳願意，可以搬到亂糟糟別墅跟我一起住。」

皮皮哭著走出劇場，湯米和安妮卡也緊跟著她。劇場經理跟在他們後面，氣得握緊了拳頭。但是觀眾全都鼓掌叫好，覺得這是一場很精采的表演。

出了劇場，皮皮用衣服擤了擤鼻子，說：「不行，我們要讓自己開心起來！剛才那齣戲太悲慘了。」

「我們去動物展覽場吧，」湯米說：「我們還沒有去過呢！」

於是，他們朝動物展覽場走去。途中他們先去了賣奶油麵包的攤位，皮皮替每個人買了六個夾心麵包和三大瓶檸檬汽水。

「每次哭完，我都覺得特別餓。」皮皮說。

動物展覽場裡可以看到好多動物，有一頭大象、兩隻關在籠子裡的老虎、幾隻在一起玩球的海獅、一大群猴子、一隻土狼和兩條大蛇。皮皮帶尼爾森先生走到關猴子的籠子前面，讓牠跟親戚打招呼。籠子裡，有一頭年老而悲傷的黑猩猩坐在那裡。

「嘿，尼爾森先生，」皮皮說：「打聲招呼吧！我想牠一定是你爺爺的表妹的姨媽的曾孫！」

尼爾森先生摘下草帽，盡量有禮貌的打招呼，可是那隻黑猩猩不認為有必要回禮。

有兩條大蛇躺在一個大木箱裡，每過一個小時，美麗的弄蛇人寶拉小姐，就會把牠們從木箱裡拿出來，放在一個看臺上展示。三個小孩運氣很好，現在剛好是展示的時間。安妮卡很怕蛇，所以緊緊抓著皮皮的手臂。寶拉小姐把一條醜陋的大蛇高高舉起，繞在自己的脖子上，看起來就像是圍著一條圍巾。

「看來這是一條蟒蛇，」皮皮小聲的對湯米和安妮卡說：「我想知道另一條是什麼蛇。」

於是，皮皮走到木箱旁邊，把另一條蛇高高舉起。這條蛇比剛才那條蛇更大、更可怕。皮皮把蛇繞在自己的脖子上，就跟寶拉小姐一樣，嚇得動物展覽場裡的人放聲尖叫。寶拉小姐把自己脖子上的蟒蛇扔回木箱，衝到皮皮身邊，想要解救她的性命。皮皮脖子上的蟒蛇被這陣騷動吵醒，開始生起氣來，不明白自己為什麼會繞在一個紅髮小女孩的脖子上，而不是跟平常一樣繞在寶拉小姐身上。牠決定給這個紅髮小女孩一個教訓，於是用力把自己的身體縮緊，那股力道強勁到幾乎能擠扁一頭牛。

皮皮說：「別跟我玩這種老掉牙的把戲。我可沒騙你，我在印度內陸見過比你更大的蛇。」

她把那條蛇從脖子上解開，再放回木箱。湯米和安妮卡嚇得臉色蒼白。

「那條也是蟒蛇，」皮皮把鬆開的襪帶綁緊，「就跟我想的一樣。」

寶拉小姐用外國話罵了好一會兒，動物展覽場裡的人也鬆了一口氣。不過現在就安心還太早，因為今天顯然是個風波不斷的日子。

後來又發生了一件事，不過沒人知道事情是怎麼發生的。動物飼養員用大塊生肉餵食那兩隻老虎，事後也說自己的確把籠子門關好了。可是過了一會兒，就聽見有人驚慌的大叫：「有隻老虎跑出來了！」

老虎真的跑出來了。那隻長著黃色條紋的野獸蹲在籠子前面，準備好要撲向獵物。人們向四面八方逃竄，但是有個小女孩縮在老虎籠附近的一個角落裡。

「站著別動！」人們對小女孩大喊。大家都希望她靜靜站著不動，這麼一來老虎就不會去理她。

「現在該怎麼辦才好？」大家不知所措的說。

「去找警察來。」有一個人提議。

「去通知消防隊。」另一個人說。

「把長襪皮皮找來！」皮皮站了出來。她在距離老虎幾公尺的地方蹲下，開始逗牠，「喵、喵、喵！」

老虎發出一聲嚇人的低吼，並且露出可怕的牙齒。皮皮舉起食指警告牠。

「你敢咬我，我就會咬回去，我說到做到。」她說。

老虎一躍而起，朝皮皮撲了過去。

「喂，這是什麼意思？你開不起玩笑嗎？」皮皮說著就把老虎甩了出去。老虎怒吼一聲，嚇得大家毛骨悚然。老虎再次朝皮皮撲過去，看得出來牠想要咬斷皮皮的咽喉。

「隨你高興，」皮皮說：「但是要記住是你先開始的！」

她用一隻手合攏老虎的嘴巴，然後溫柔的把牠抱回籠子，同時還哼著一首小曲，「你們看見了我的小貓咪嗎？小貓咪、小貓咪？」

大家又一次鬆了一口氣。那個縮在角落裡的小女孩跑回媽媽身邊，說她再也不想來動物展覽場了。

老虎把皮皮身上的洋裝下襬扯破了。皮皮看了看撕破的地方，開口問：「誰有剪刀？」

寶拉小姐有一把剪刀，現在她已經不生皮皮的氣了。

「勇敢的小女孩，妳要的剪刀在這裡。」寶拉小姐說。

皮皮把裙子剪掉一大截，露出了她的膝蓋。

「好了，」她滿意的說：「我現在更漂亮了。上面和下面都剪掉一塊，要找到這麼漂亮的衣服可不容易。」

皮皮優雅的散步離開，每走一步，她的膝蓋就會互碰一下。

「真令人陶醉。」她一邊走一邊說。

大家以為年度市集現在總算恢復平靜了，可是年度市集本來就不是個平靜的地方。這一次，大家還是太早鬆了一口氣。

在這個很小、很小的小鎮上，有個流氓名叫拉邦，他是個非常強壯的傢伙，所有小孩都很怕他，就算是大人也不敢惹他。在流氓拉邦逞威風的時候，連警察都寧願避開他。拉邦也不是一直都很凶惡，他只有在喝醉的時候才會使壞。不過在年度市集的這一天，他就喝醉了。他大吼大叫的沿著大街走來，一路揮動他粗壯的手臂。

「讓開，你們這些臭蟲，拉邦來了！」

路上的行人全都害怕的貼著屋牆讓路，許多小孩也被他嚇哭了。放眼望去，附近看不見半個警察。拉邦就這樣慢慢的朝遊樂場走去。他有一個大大的紅鼻子，還有一顆黃色的暴牙，一頭黑色長髮垂在額頭上，模樣看起來很嚇人。聚集在附近的人，都覺得拉邦看起來比那隻老虎更可怕。

有個矮小的老人在攤位上賣香腸。拉邦朝他走過去，一拳搥在桌子上，嚷著：「來一根香腸！動作快一點！」

老人馬上遞給他一根香腸。

「兩毛五分錢。」老人低聲下氣的說。

「你竟敢要我付錢？」拉邦說：「能把香腸賣給像我這麼體面的人，是你的榮幸，還好意思跟我要錢！老頭子，再拿一根香腸來！」

老人說他應該先付清剛才那根香腸的錢，可是拉邦居然抓住老人的耳朵，把他拎著搖來搖去。

「把香腸拿來，」他說：「馬上拿來！」

老人不敢再次拒絕他，但是周圍的人不以為然的竊竊私語，甚至還有人鼓起勇氣說：「這樣對待一位可憐的老人家，真是可恥！」

拉邦轉過身，用布滿血絲的眼睛看著周圍的人。

「剛才有人咳嗽嗎？」

大家都怕了，只想轉身離開。

「統統給我站住！」拉邦大吼，「誰要是敢動一下，我就打扁他的腦袋！我說過了，統統給我站住！拉邦現在要做一場小小的表演啦！」

拉邦拿起一大把香腸，把香腸當球拋。他把香腸扔到半空中，有些用嘴巴接住，有些用手接住，但是還有很多香腸掉到了地上，賣香腸的可憐老人差點要哭了。

這時，一個小小的身影從人群中走出來。

皮皮走到了拉邦面前。

「這是誰家的小孩？」皮皮輕聲詢問：「像這樣亂扔食物，他媽媽會怎麼說呢？」

拉邦發出一聲嚇人的怒吼，然後大聲嚷嚷，「我不是說了，

大家統統不准動嗎？」

「你總是把擴音器開到最大聲嗎？」皮皮問。

拉邦氣勢洶洶的舉起拳頭，大喊：「臭丫頭！閉嘴！還是要逼我把妳打成肉醬？」

皮皮雙手叉腰站在那裡，很感興趣的看著他。

「你剛才是怎麼拋香腸的？」她問：「是像這樣嗎？」

她把拉邦像球一樣拋到半空中，玩了好一會兒。大家都發出歡呼，賣香腸的老人也露出笑容，用布滿皺紋的雙手鼓掌叫好。

等皮皮拋完，被嚇傻的拉邦坐在地上，茫然的四下張望。

「我想這個無賴現在可以回家了。」皮皮說。

拉邦沒有反對皮皮的話。

「但是你得先付清那些香腸的錢。」皮皮說。

於是拉邦站起來，付了十八根香腸的錢，然後一聲不吭的走開了。從這天起，他就變了一個人，再也不敢胡鬧了。

「皮皮萬歲！」大家高喊。

「為皮皮歡呼！」湯米和安妮卡大喊。

「只要有長襪皮皮，我們的小鎮就不需要警察了。」有個人這麼說。

「沒錯，」另一個人說：「皮皮能夠對付老虎和流氓。」

「我們當然需要警察，」皮皮說：「不然腳踏車停在不該停的地方，該由誰來管理呢？」

在回家的路上，安妮卡說：「噢，皮皮，妳實在太棒了！」

「噢，是啊，真是令人陶醉，」皮皮摸了摸她的裙子，裙子的長度只遮住了半截大腿，「實在太令人陶醉了！」

第六章　皮皮漂流記

每天一放學，湯米和安妮卡就跑去亂糟糟別墅。他們不想在家裡做學校作業，而是帶著課本到皮皮家去。

「這樣很好，」皮皮說：「你們就坐在這裡用功學習，那我也可以沾到一點學問。倒不是說我需要什麼學問啦，但是如果不從書本上學到澳洲有多少原住民，可能就沒辦法成為真正的淑女。」

湯米和安妮卡坐在廚房餐桌旁，攤開地理課本。皮皮縮起雙腿，坐在餐桌正中央。

「你們想一想，」皮皮把手指擱在鼻子旁邊，認真的思考，「如果我剛剛學到澳洲有多少原住民，結果其中一個卻得肺炎死掉了，那我不就白學了嗎？這樣一來，我根本當不成真正的淑女。」她想了想，接著又說：「必須有人去告訴那些原住民，他們應該表現得跟你們課本裡寫的一樣，這樣課本裡的知識才正確。」

等湯米和安妮卡寫完功課，就是玩樂的時間了。天氣好的時候，三個孩子會在院子裡玩，騎騎馬，或是爬到洗衣房的屋頂上喝咖啡。有時候，他們也會爬上那棵老橡樹，橡樹的樹幹是空心的，可以鑽進去一直爬到下面。皮皮說這是一棵很奇特的樹，因為樹幹裡會長出檸檬汽水。她說的沒錯，因為三個孩子每次爬進中空樹幹裡的祕密基地，就會發現有三瓶檸檬汽水在那裡等著他們。湯米和安妮卡不明白喝完的空瓶子都到哪裡去了，但是皮皮說只要喝光汽水，空瓶子就會自己腐爛。

湯米和安妮卡都覺得，那的確是一棵很奇特的樹。有時候，樹洞裡也會長出巧克力棒，但是皮皮說巧克力棒只有在星期四才會長出來，所以每個星期四，湯米和安妮卡都會記得去採收。皮皮還說，只要肯花時間勤勞澆水，這棵樹肯定能長出白麵包，甚至還能長出烤牛肉呢。

下雨天，他們待在屋子裡也不會感到無聊。他們可以欣賞皮皮收藏在抽屜裡的那些漂亮東西，或是坐在爐子前面，看著皮皮烤鬆餅或是煎蘋果片。不然，他們也可以鑽進裝柴火的木箱，聽皮皮說她當年在大海上航行的精采故事。

「暴風雨實在太可怕了，」皮皮說：「連那些魚都會暈頭轉向的想要上岸。我見過一隻鯊魚暈得整張臉發青，還見過一隻章魚用八條手臂抱著頭。唉，那場暴風雨真是要命！」

「皮皮，妳都不害怕嗎？」安妮卡問。

「對啊，萬一你們翻船怎麼辦啊！」湯米說。

「這個嘛，我已經碰過好多次大大小小的暴風雨，」皮皮說：「所以不怎麼害怕，至少不會一遇到就怕。有一次我們正在吃午餐，一陣強風吹來，吹走了湯裡的葡萄乾，那時候我不害怕；廚師的假牙被風吹得從嘴裡飛出去的時候，我也沒怕，可是當我看到船上養的貓被吹得只剩下毛皮，全身光溜溜的飛向東亞，我就開始覺得不妙了。」

「我有一本講到船難的書，」湯米說：「書名是《魯賓遜漂流記》。」

「對，那本書很好看，」安妮卡說：「那個魯賓遜漂流到一座荒島上。」

「皮皮，妳遭遇過船難嗎？」湯米在木箱裡稍微坐直身體，「妳也曾經漂流到一座荒島上嗎？」

「當然囉！」皮皮加重了語氣，「很少有人能像我這樣，遇上那麼多次船難。我想，在我遇到船難之後，大西洋和太平洋上的小島，大概只有八到十座是我沒去過的。在觀光旅遊手冊上，這些小島還特別被列入了黑名單。」

「待在荒島上是不是很棒？」湯米問：「我也很想經歷一次。」

「這很容易呀，」皮皮說：「小島多得是。」

「對，我知道離這裡不遠的地方就有一座小島。」湯米說。

「是在一座湖裡嗎？」皮皮問。

「當然囉。」湯米說。

「太棒了，」皮皮說：「如果是在乾燥的陸地上，那就不適合了。」

湯米興奮極了。

「那我們去吧！」他大喊：「馬上出發！」

再過兩天，湯米和安妮卡就開始放暑假了，而且他們的爸媽剛好要出門旅行。想玩魯賓遜漂流的遊戲，再也沒有比這更好的機會了。

「如果要遭遇船難，就得先弄到一艘船。」皮皮說。

「可是我們沒有船。」安妮卡說。

「我看過一艘破舊的平底船沉在河底。」皮皮說。

「可是那艘船已經翻覆了。」安妮卡說。

「這樣更好，」皮皮說：「那它就知道該怎麼翻船了。」

要把那艘沉在河底的平底船打撈出來，對皮皮來說是小事一樁。她在河岸上站了一整天，用瀝青和麻屑封住船身的裂縫。然後在一個下雨的早晨，待在木屋裡用木頭做了幾支船槳。

後來湯米和安妮卡開始放暑假了，他們的爸爸媽媽也出門旅行。

「我們兩天後就回來，」媽媽說：「你們要乖乖聽艾拉的話，她叫你們做什麼，你們就做什麼。」

艾拉是他們家的女傭，爸爸媽媽出門的時候，就會交代她照顧湯米和安妮卡，可是等到家裡只剩下艾拉和兩個孩子的時候，湯米對她說：「艾拉，妳不必照顧我們，因為我們這段時間都會待在皮皮家。」

「我們可以自己照顧自己。」安妮卡說：「皮皮也沒有人照顧，為什麼我們就不能兩天沒人管呢？」

其實艾拉也不反對放兩天假。湯米和安妮卡一直拜託她、央求她、糾纏她，最後艾拉鬆口說自己可以回老家探望一下母親，可是兄妹倆得好好吃飯、睡覺，晚上不可以沒穿外套就跑出門。湯米保證，只要艾拉離開，要他穿上十二件外套都沒問題。

他們終於如願以償。兩個小時後，皮皮、湯米、安妮卡，還有那匹馬和尼爾森先生，一起出發前往那座無人居住的小島。

那是個舒服的初夏傍晚，天氣雖然是陰天，但是氣溫不冷不熱，要走到那座無人島所在的湖泊，路途相當遙遠。皮皮把那艘船頂在頭上，那匹馬的背上則馱著一個大麻袋和一頂帳篷。

「麻袋裡裝著什麼？」湯米問。

「食物、槍枝、毯子和一個空瓶，」皮皮說：「這是你們第一次體驗船難，我覺得我們應該要過得舒服一點。以前我遭遇船難的時候，會射殺一隻羚羊或羊駝，然後生吃牠們的肉。但是這座小島上想必沒有羚羊也沒有羊駝，如果我們要因此餓肚子，那未免太掃興了。」

「那個空瓶子要做什麼？」安妮卡問。

「空瓶子要做什麼？妳怎麼會問這麼蠢的問題呢！想遭遇船難，最重要的當然是要有一艘船，但是第二重要的就是空瓶子。我還躺在搖籃裡的時候，就從爸爸那裡學到了這個常識。爸爸對我說：『皮皮啊，如果妳在進宮晉見國王的時候忘了先洗腳，這沒有關係；如果妳在遭遇船難的時候忘了帶空瓶子，妳就準備要翹辮子了。』」

「是喔，可是空瓶子要用來做什麼？」安妮卡又問了一次。

「妳沒有聽過瓶中信嗎？」皮皮問：「妳要先寫一封求救信，再把紙條塞進空瓶子，然後把軟木塞塞緊，最後把瓶子扔進水裡，它就會漂到某個人那裡，然後收到信的人就會來救妳。不然妳以為遭遇船難的人是怎麼死裡逃生的？一切都靠運氣嗎？才不呢！」

「原來如此。」安妮卡說。

不久之後，他們終於來到湖邊，那座無人小島就在湖泊的中央。這時陽光剛好穿透雲層，和煦的照亮了初夏綠油油的草木。

「果然沒錯，」皮皮說：「這是我見過最漂亮的無人島。」

她迅速把小船推進湖裡，卸下馬背上馱著的重物，把所有東西都裝上小船。安妮卡、湯米和尼爾森先生也跳上小船。皮皮撫摸著那匹馬說：「親愛的馬，雖然我很想讓你上船，但是這艘船實在坐不下。真希望你會游泳，游泳其實很簡單，你只要照這樣做就行了！」

皮皮連衣服也沒脫，就跳進水裡划了幾下。

「相信我，游泳很好玩。如果想要更好玩，你可以假裝自己是一隻鯨魚。就像這樣！」

皮皮在嘴裡含了一大口水，仰躺在水面上，然後把水吐出來，就像一座噴泉。那匹馬似乎不覺得這有什麼好玩，可是當皮皮爬到船上開始划船，那匹馬也跳進了水裡，跟在小船後面游泳，不過牠沒有假裝自己是一隻鯨魚。

快抵達小島的時候，皮皮大喊：「進水了，全體船員趕緊抽水！」

一秒鐘之後，她又大喊：「沒有用！我們必須棄船！大家趕緊逃命！」

她站在船尾的座位上，縱身一躍跳進水裡，沒多久又浮出水面，抓住小船的纜繩往岸上游。

「無論如何都要保住那袋食物，船員請留在船上。」皮皮說。

她把小船牢牢繫在一塊石頭上，協助湯米和安妮卡上岸。尼爾森先生不需要幫助，自己就能跳到岸上。

「奇蹟出現了！」皮皮大喊：「我們得救了！至少目前安然無恙。只要這座島上沒有食人族和獅子，我們就能平安無事！」

那匹馬也游到了這座小島。牠從水裡走出來，抖掉身上的水。

「噢，我們的第一助手也到了，」皮皮滿意的說：「讓我們召開作戰會議吧！」

她從麻袋裡拿出手槍，那是她在亂糟糟別墅的閣樓上，從一個水手用的木箱裡找到的。她拿著手槍，小心翼翼的看向四面八方，躡手躡腳的向前走。

「怎麼了，皮皮？」安妮卡擔心的問。

「我好像聽見一個食人族在低吼。」皮皮說：「小心一點準沒錯，我們僥倖沒有淹死，結果卻成了食人族的午餐，那就太不值得了！」

但是放眼望去，並沒有看見半個食人族。

「哈，他們躲起來了，」皮皮說：「不然就是坐在哪裡研究食譜，討論該怎麼料理我們。我可以告訴你們，要是他們把我和胡蘿蔔一起端上桌，我絕對不會原諒他們。我最討厭胡蘿蔔了！」

「嗚，皮皮，別說這種話。」安妮卡發著抖說。

「哦，妳也討厭胡蘿蔔嗎？嗯，無論如何，現在得先搭好帳篷。」

皮皮說到做到，很快就在一個隱密的地方搭好了帳篷。湯米和安妮卡在帳篷裡爬進爬出，玩得非常開心。在距離帳篷不遠的地方，皮皮用幾塊石頭圍成一個圓圈，把木棍和木塊放進去。

「噢，太棒了！現在要生營火嗎？」安妮卡大聲的說。

「當然囉。」皮皮說著，就拿起兩塊木頭，用它們互相摩擦。湯米興致勃勃的在旁邊看著，興奮的說：「噢，皮皮，妳要像原始人一樣生火嗎？」

「不是，我的手指頭很冷，」皮皮說：「如果用力摩擦，就會暖和起來。不過，我到底把火柴放到哪裡了？」

不久，一堆營火熊熊燃起，湯米說有了營火感覺好舒服。

「是啊，而且有了營火，野生動物也不敢靠近。」皮皮說。

安妮卡嚇壞了。

「什麼野生動物？」她用顫抖的聲音發問。

「蚊子啊。」皮皮專心抓著蚊子在她腿上叮的一個大包。

安妮卡鬆了一口氣。

「喔，當然還有獅子，」皮皮繼續說：「但是據說營火阻擋不了蟒蛇和美洲野牛，」她摸了摸手槍，「但是安妮卡，妳可以放心，這把手槍肯定能保護我們，就算來了一隻田鼠也不用怕。」

接著皮皮端出咖啡和奶油麵包，三個小孩便圍坐在營火旁邊吃吃喝喝，十分愜意。

尼爾森先生坐在皮皮的肩膀上，和他們一起吃東西。那匹馬偶爾也會把頭伸過來，討一塊麵包或是一些糖，當然，旁邊也有很多鮮美的青草供牠享用。

天空雲層密布，灌木叢之間漸漸變得漆黑。安妮卡盡量坐得靠皮皮近一點。營火映照出怪異的陰影，在營火照亮的小圈子之外，黑暗彷彿有了生命。

安妮卡不由得顫抖。要是有食人族躲在那叢刺柏後面該怎麼辦？會不會有一頭獅子躲在那塊大石頭後面？

皮皮擱下咖啡杯，用沙啞的嗓音唱著：「十五個鬼魂在搶死人的箱子，喲呵呵，還有滿滿一瓶蘭姆酒。」

安妮卡抖得更厲害了。

「我看過一本書裡有這首歌，」湯米熱心的說：「一本講海盜的書！」

「哦，真的嗎？」皮皮說：「那本書一定是佛里多寫的，因

為就是他教我唱這首歌。我常在星光燦爛的夜晚，坐在爸爸的船上，頭頂著南十字星，而佛里多就坐在我旁邊唱這首歌。」

皮皮用更加沙啞的嗓音唱了起來，「十五個鬼魂在搶死人的箱子，喲呵呵，還有滿滿一瓶蘭姆酒。」

「皮皮，妳唱這首歌的時候，我有種奇怪的感受，」湯米說：「感覺既恐怖又刺激。」

「我只覺得恐怖，」安妮卡說：「但是也有一點點刺激啦！」

「等我長大，我就要到海上去，」湯米篤定的說：「我想跟妳一樣當海盜，皮皮。」

「太棒了，」皮皮說：「湯米，我們兩個要成為加勒比海的霸王。我們要搶奪金銀珠寶，把它們藏在太平洋一座無人島上的山洞深處，讓三具骷髏來看守。我們會有一面海盜旗，上面畫著一個骷髏頭和兩根交叉的骨頭，然後我們要唱〈十五個鬼魂在搶死人的箱子〉這首歌，讓歌聲響徹整個大西洋。所有在海上航行的人聽見我們的歌聲，都會嚇得臉色發白，考慮該不該跳進海裡，以躲避我們的血腥報復！」

「那我呢？」安妮卡抱怨，「我不敢當海盜，我要做什麼？」

「喔，妳還是可以跟我們一起來啊，」皮皮說：「來替鋼琴撢灰塵。」

營火漸漸熄滅了。

「該上床睡覺囉。」皮皮說。

她把杉樹枝鋪在帳篷的地面，上方再鋪好幾床厚毯子。

「你要進帳篷休息嗎？」皮皮問那匹馬，「還是你寧願待在外面的樹下，蓋上一條毯子就好？你說躺在帳篷裡會不舒服？喔，那就隨便你啦。」皮皮溫柔的輕輕拍了拍那匹馬。

不久之後，三個孩子和尼爾森先生，就裹著毯子躺在帳篷裡，傾聽外面傳來波浪拍打湖岸的聲音。

「你們聽見了浪濤的聲音嗎？」皮皮像在說夢話似的問。

帳篷裡一片漆黑，就像躺在麻袋裡一樣。安妮卡緊緊握住皮皮的手，這樣一來，感覺就沒有那麼危險了。外頭忽然下起雨來，雨滴淅哩嘩啦的落在帳篷上，但是帳篷裡仍然溫暖乾燥，聽著雨滴落下的聲音，感覺十分愜意。皮皮走出帳篷，替那匹馬再多蓋一條毯子。那匹馬站在一棵枝葉濃密的杉樹下，所以並沒有淋到雨。

皮皮回到帳篷的時候，湯米嘆著氣說：「我們在帳篷裡好舒服呀。」

「是啊，」皮皮說：「而且你們看，我在一塊石頭底下發現了什麼？三塊巧克力！」

三分鐘後，安妮卡睡著了。她的嘴裡塞滿巧克力，手裡還握著皮皮的手。

「我們今天晚上忘了刷牙。」湯米說完，也跟著睡著了。

等到湯米和安妮卡醒來，才發現皮皮不見了。他們趕緊爬出帳篷，看到外面陽光燦爛，帳篷前面還重新生起了一堆營火，皮皮正坐在火堆前煎火腿片、煮咖啡。

一看見湯米和安妮卡，皮皮便說：「衷心祝你們復活節快樂！」

「現在又不是復活節！」湯米說。

「哦，這樣啊，」皮皮說：「那就把這句祝福保留到明年吧。」

火腿和咖啡的香味鑽進了孩子們的鼻子。他們盤腿圍著火堆坐下，皮皮把火腿、雞蛋和馬鈴薯遞給他們，吃完以後再喝咖啡配薑餅。從來沒有一頓早餐這麼美味可口。

「我覺得我們比魯賓遜更幸福。」湯米說。

「是啊，如果待會兒能抓到新鮮的魚當午餐，魯賓遜恐怕就要羨慕死了。」皮皮說。

「呃，我不喜歡吃魚。」湯米說。

「我也不喜歡。」安妮卡說。

可是皮皮砍下一根細長的樹枝，在一端緊緊綁上一條繩子，再用別針做成鉤子，鉤住一小塊麵包屑，然後跑去岸邊，坐在一塊大石頭上釣魚。

「現在讓我們瞧瞧吧。」她說。

「妳要釣什麼呢？」湯米問。

「章魚，」皮皮說：「那是一種美味無比的珍饈。」

她在石頭上整整坐了一個小時，但是沒有章魚上鉤。

結果有條鱸魚游過來，嗅了嗅那塊麵包屑，皮皮趕緊把魚鉤拉起來。

「不行，小子，」皮皮說：「我說了要釣章魚，就是要釣章魚。你別跑來偷吃！」

過了一會兒，皮皮把釣竿扔進湖裡。

「算你們運氣好，」她說：「看來午餐只能吃培根蛋餅了，那些章魚今天硬是不想上鉤。」湯米和安妮卡聽了都很滿意。

陽光下，湖水波光粼粼，引誘著人跳下水去。

「要不要去游泳？」湯米問。

皮皮和安妮卡立刻同意了。湖水相當冰冷，湯米和安妮卡才把大腳趾伸進水裡，就趕緊又縮了回來。

「我有個更好的主意。」皮皮說。

湖岸旁邊有一座岩壁，上面長著一棵樹，樹枝延伸到了水面上。皮皮爬上樹，把一條繩子綁在枝椏上。「就像這樣！」她抓住繩子盪向半空中，然後滑進水裡。

等她從水裡再盪出來，她大喊：「這樣一下子就潛進水裡了。」

湯米和安妮卡起初還不太放心，可是這個遊戲看起來真的很好玩，於是他們決定試試看。等他們試過一次之後，就不想停下來了，因為親身體驗比看起來更好玩。尼爾森先生也想一起玩，牠順著那條繩子溜下去，可是在落水的前一秒就掉頭轉身，急忙又爬了上去。牠每次都這樣，雖然三個孩子笑牠是膽小鬼，牠還是不敢下水。

皮皮又想到了一個新點子。她坐在一塊木頭上，從岩壁上滑進水裡。那樣也很好玩，因為在「撲通」一聲落入水中時，會濺起一陣好大的水花。

「不知道魯賓遜有沒有坐在木頭上滑行？」皮皮坐在高高的岩壁上，正打算往下溜的時候開口詢問。

「沒有，至少書裡沒寫。」湯米說。

「我就知道，」皮皮說：「他漂到荒島上可能很無聊。他整天都在幹麼呢？繡花嗎？唷呵，我來了！」皮皮滑了下去，兩條紅色髮辮在她的頭上飛舞。

玩過水後，他們決定好好探索一下這座無人島。三個小孩全都騎上馬背，那匹馬載著他們悠閒的小跑起來。他們上坡又下坡，穿過灌木叢和濃密的杉樹林，還越過沼澤和美麗的林間空地。皮皮拿著上膛的手槍，偶爾擊發幾顆子彈，把那匹馬嚇得跳起來。

皮皮得意的說：「射中一頭獅子了！」或是：「這個食人族的死期到了！」

回到營地後，皮皮開始煎培根蛋餅，湯米說：「我覺得這座小島應該永遠屬於我們。」

皮皮和安妮卡也這麼覺得。

剛起鍋的培根蛋餅非常好吃。他們沒有盤子，也沒有刀叉，於是安妮卡問：「我們可以用手吃嗎？」

「隨便你們，」皮皮說：「但我堅持要用老辦法，用嘴巴吃。」

「噢，妳明明知道我的意思！」安妮卡說著，用小手拿起一塊蛋餅，津津有味的塞進嘴裡。

然後又到了晚上，營火熄滅了。三個孩子緊緊貼著彼此，裹在毯子裡躺下，臉上沾滿了培根蛋餅的油漬。一顆大星星的光芒透過縫隙照進帳篷內，波浪的聲音像搖籃曲一樣哄著他們入睡。

隔天早晨，湯米遺憾的說：「今天我們就得回家了。」

「真沒意思，」安妮卡說：「我想要整個夏天都待在這裡，可是爸爸媽媽今天就要回來了。」

吃完早餐，湯米散步到沙灘上，忽然發出一聲尖叫。那艘小船不見了！安妮卡驚慌失措。他們要怎麼離開這裡？雖然她很想在這座小島上度過一整個夏天，但是當你知道自己回不了家，那又是另一回事了。他們可憐的媽媽該怎麼辦？等她發現湯米和安妮卡失蹤了，會有什麼反應？想到這裡，安妮卡的眼睛盈滿了淚水。

「妳怎麼啦，安妮卡？」皮皮問：「妳知道遇上船難是怎麼一回事嗎？如果魯賓遜漂流到一座無人島，才待了兩天就有一艘船來把他接走，妳覺得他會怎麼說呢？『魯賓遜先生，請上船，你得救了，會有人伺候你洗澡、刮鬍子、剪指甲！』不，謝了！

我相信魯賓遜先生一定會溜之大吉，跑到灌木叢後面躲起來。如果有人好不容易來到一座無人島，他至少會想要待個七年。」

七年！安妮卡打了個寒顫，湯米也露出若有所思的表情。

「喔，我的意思不是我們應該要永遠待在這裡，」皮皮安慰他們，「我想，等湯米要去當兵的時候，我們大概就得回去了。」

安妮卡愈來愈絕望。皮皮看著她，想了想。

「嗯，如果妳把事情看得這麼嚴重，」皮皮說：「那就沒有別的辦法了，我們只好把瓶中信送出去。」

皮皮從麻袋裡取出那個空瓶子，然後找到紙和鉛筆。她把這些東西攤在湯米面前的一塊石頭上。

「你來寫，」皮皮說：「你比較會寫。」

「好，可是我該寫些什麼？」湯米問。

「讓我想一想，」皮皮思索著，「你可以寫『在我們完蛋之前，請來救我們！我們已經兩天沒有鼻菸了，在一座小島上奄奄一息。』」

「不行啦，皮皮，我們不能這樣寫，」湯米用責備的語氣說：「這不是實話。」

「不然要怎麼寫？」皮皮問。

「我們不能寫『沒有鼻菸了』。」湯米說。

「不能嗎？」皮皮說：「那你有鼻菸嗎？」

「沒有。」湯米說。

「安妮卡有鼻菸嗎？」

「沒有，當然沒有。可是……」

「那你覺得我有鼻菸嗎？」皮皮問。

「沒有，也許這句話沒有錯，」湯米說：「但是我們又不需要鼻菸。」

「喔，我就是要你寫『已經兩天沒有鼻菸了……』」

「如果我們這樣寫，別人肯定會以為我們有吸鼻菸。」湯米的語氣很堅持。

「聽我說，湯米，」皮皮說：「請回答我這個問題：哪種人比較可能沒有鼻菸呢？是吸鼻菸的人，還是不吸鼻菸的人？」

「當然是不吸鼻菸的人。」湯米說。

「這就對啦，那你幹麼這樣斤斤計較？」皮皮說：「你就照我說的寫！」

於是，湯米只好寫下，「在我們完蛋之前，請來救我們！我們已經兩天沒有鼻菸了，在一座小島上奄奄一息。」

皮皮把寫好的紙條塞進瓶子裡，用軟木塞塞住，然後把瓶子扔進水裡。

「應該很快就會有人來救我們了。」皮皮說。

瓶子漂走了，但是沒有多久，它就停在岸邊幾棵赤楊的樹根旁邊。

「我們得把瓶子扔遠一點。」湯米說。

「那樣做太蠢了，」皮皮說：「如果瓶子漂到很遠的地方，來救我們的人就會不知道該去哪裡找我們；如果瓶子就在附近，那麼等他們發現瓶子，我們只要大喊大叫，就能馬上得救，」皮皮在岸邊坐下，「最好時時刻刻都不要讓瓶子離開我們的視線。」

湯米和安妮卡在皮皮身旁坐下。過了十分鐘，皮皮不耐煩的說：「那些人大概以為我們沒別的事可做，只會坐在這裡等他們來救。人都到哪裡去了？」

「誰啊？」安妮卡問。

「那些應該要來救我們的人啊，」皮皮說：「做事實在是太馬虎了，簡直可惡至極，要知道人命關天哪。」

安妮卡漸漸開始相信，他們真的會在這座小島上奄奄一息。可是皮皮忽然舉起食指大喊：「老天爺，我太粗心了！我怎麼會忘了那件事！」

「什麼事？」湯米問。

「那艘小船，」皮皮說：「昨天晚上你們睡覺的時候，我把它扛上岸了！」

「妳為什麼要這樣做呢？」安妮卡責備皮皮。

「我怕它會弄溼嘛，」皮皮說著就去把小船抬出來，小船好端端的藏在一棵杉樹後面。皮皮把小船扔進湖裡，沒好氣的說：「嗯，現在他們可以來了。如果他們現在來救我們，那就是白忙一場，因為我們已經自己救了自己。這是他們活該，他們應該要學到教訓，下次動作要快一點。」

他們坐上小船後，皮皮用力划槳，把小船划向陸地。安妮卡說：「希望我們比爸爸媽媽早回家，不然媽媽會擔心死了！」

「不會的。」皮皮說。

塞特格林夫婦比兩個孩子早半個小時到家，雖然湯米和安妮卡都不見蹤影，但是信箱裡有一張紙條，上面寫著：

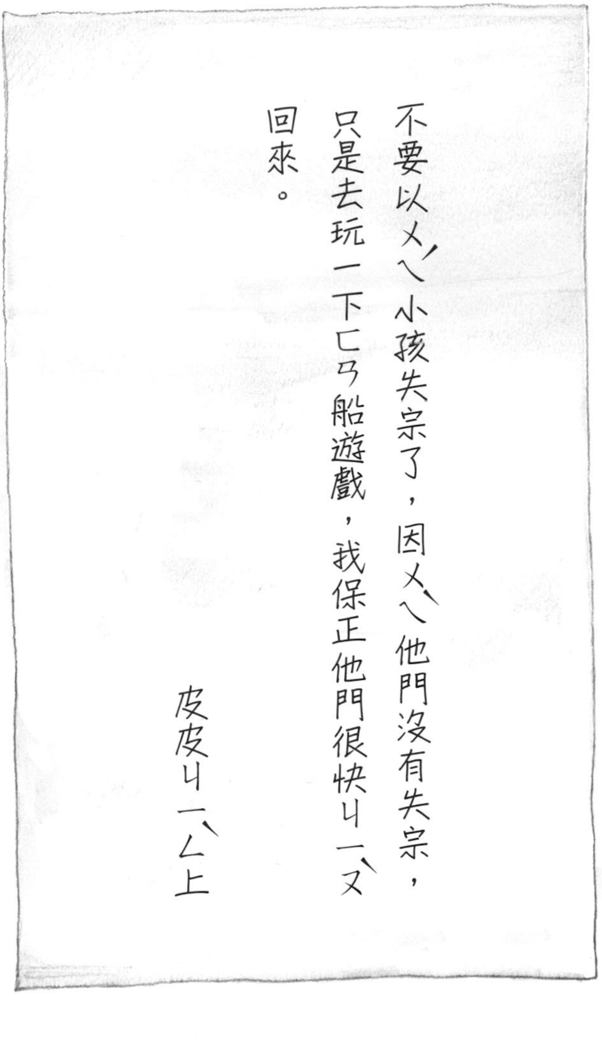

不要以ㄨˊㄟ小孩失宗了，因ㄨˋㄟ他們沒有失宗，
只是去玩一下ㄈㄢ船遊戲，我保正他們很快ㄐ一ˋㄡ
回來。

皮皮ㄐ一ˋㄥ上

第七章　皮皮家來了貴客

在一個夏天的晚上，皮皮、湯米和安妮卡坐在皮皮家門廊的臺階上，吃著上午從樹林裡摘來的野草莓。那是個非常美好的夜晚，鳥兒在歌唱，花朵散發出香氣，還有野草莓可吃！一切都非常寧靜祥和。三個孩子吃著野草莓，幾乎沒有說話。湯米和安妮卡想著放暑假真是太好了，學校還要很久以後才會開學。至於皮皮在想什麼，就不太容易猜到了。

「皮皮，現在妳在亂糟糟別墅已經住了整整一年。」安妮卡忽然摟住皮皮的手臂說。

「是啊，時光飛逝，人都要變老了，」皮皮說：「到了秋天，我就滿十歲了，到時候我人生最美好的時光大概就結束了。」

「妳會一直住在這裡嗎？」湯米問：「我是說，一直住到妳長大到可以去當海盜的時候？」

「這我就不知道了，」皮皮說：「我想我爸爸不會永遠待在那座小島上，只要他造好了一艘新船，就一定會來接我。」

湯米和安妮卡嘆了一口氣。忽然，皮皮直挺挺的站了起來。

「你們看，他已經來了。」皮皮指著庭院大門說。她三步併作兩步的從院子裡的小徑跑過去。湯米和安妮卡猶豫的跟在她後面，剛好看見皮皮衝過去抱住一位很胖的男士，那個人留著一撇短短的紅色小鬍子，穿著藍色水手褲。

「艾弗朗爸爸！」皮皮大喊著摟住了爸爸的脖子，一雙腿在空中踢著，弄得腳上那雙大鞋子都掉了下來，「艾弗朗爸爸，你長得好大了！」

「艾弗朗的女兒，皮皮洛塔．維多利亞．洛嘉蒂娜．薄荷．長襪。我的寶貝女兒！我才剛想要說，妳長得好大了！」

「我知道呀，」皮皮說：「所以我才搶先說了，哈哈哈！」

「我的寶貝女兒，妳的力氣還是跟以前一樣大嗎？」

「我的力氣比以前更大了，」皮皮說：「要不要跟我比腕力？」

「那就來吧！」艾弗朗爸爸說。

院子裡有一張桌子，皮皮和爸爸就在桌子旁邊坐下來比腕力，湯米和安妮卡則站在一旁觀看。在這個世界上，只有一個人的力氣和皮皮一樣大，那就是皮皮的爸爸。此刻他們坐在那裡，用盡全力想把對方扳倒，但是誰也沒辦法勝過對方。

最後，長襪船長的手臂稍微顫抖了一下，皮皮說：「等我長到十歲，就能贏過你了，艾弗朗爸爸。」

艾弗朗爸爸也這麼認為。

「哎呀，」皮皮說：「我完全忘了要介紹你們認識。這是湯米和安妮卡，這是我爸爸，艾弗朗．長襪船長兼國王陛下——對了，爸爸，你當上了南太平洋小島的國王，對吧？」

「沒錯，」長襪船長說：「我在一座名叫塔卡圖卡的小島上，當塔卡圖卡族的國王。妳應該還記得，我當時被暴風雨吹到海裡，後來就漂流到那個島上。」

「是啊，我也是這麼想的，」皮皮說：「我一直都知道你沒有淹死。」

「淹死？噢，不會的！肥肉總是會浮起來，所以我是不可能沉下去的，就跟駱駝不可能穿過針孔一樣。」

湯米和安妮卡驚訝的看著長襪船長。

「那你為什麼沒有穿國王的衣服？」湯米問。

「我把衣服放在皮箱了。」長襪船長說。

「穿起來，穿起來！」皮皮大喊：「我想看爸爸打扮成國王的樣子！」

他們全都走進廚房。長襪船長走進皮皮的臥室，三個小孩坐在木箱上等待。

「好像去劇場看戲一樣。」安妮卡滿懷期待的說。

緊接著，臥室門「砰」的一聲打開了，那個南太平洋小島上的國王就站在那裡。他的腰間繫著一條草裙，頭上戴著一頂金色王冠，脖子上戴著好幾條珍珠項鏈，一隻手拿著一支長矛，另一隻手拿著盾牌，這就是他全部的裝扮了。一雙毛茸茸的胖腿從草裙底下露出來，腳踝上戴著金環作為裝飾。

「烏薩庫瑟，穆瑟，費里布瑟。」長襪船長橫眉豎眼的說。

「噢，他在說塔卡圖卡語呢，」湯米佩服的說：「艾弗朗叔叔，這句話是什麼意思啊？」

「意思是『顫抖吧，我的敵人！』」

「艾弗朗爸爸，」皮皮說：「告訴我們你被沖到塔卡圖卡島上的時候，那些塔卡圖卡人有沒有很驚訝？」

「喔，他們驚訝得不得了，」長襪船長說：「起初還想吃掉我，可是在我徒手把一棵棕櫚樹連根拔起之後，他們就推舉我當國王了。我上午處理國事，下午造船，花了很長的時間才建造完成，因為所有的東西都得自己做。我造的當然只是一艘小帆船，等到船造好了，我跟那些塔卡圖卡人說，我要暫時離開一段時間，但是很快就會帶名叫皮皮洛塔的公主回去。他們聽完就拍著盾牌大喊：『烏嗖普魯瑟，烏嗖普魯瑟！』」

「這句話是什麼意思？」安妮卡問。

「意思是『太好了！太好了！』在那之後的兩個星期，我很賣力的處理國事，這樣我不在的時候，國事也不至於沒人管。之後我揚帆起航，那些塔卡圖卡人大喊『烏薩庫拉，庫嗖卡拉！』，意思是『白人胖酋長，你要早點回來！』接著我就直接航向印尼的泗水。你們猜猜看，我在泗水上岸之後，最先看見什麼？沒錯，就是我原本那艘多桅帆船『霍普托瑟號』，而我的老朋友佛里多，就站在甲板欄杆旁邊對我揮手。我說：『佛里多，我回來當船長囉！』他說：『船長，遵命！』於是我就接管了那艘船。船上原本的水手都在，現在『霍普托瑟號』就停泊在港口，皮皮，妳可以去跟那些老朋友打聲招呼。」

皮皮聽了非常高興，她在廚房的桌面上倒立，一雙腿在空中亂踢。但是湯米和安妮卡有點難過，感覺好像有人打算把皮皮從他們身邊搶走。

皮皮重新用雙腳站好之後，開口說：「我們要好好慶祝，把亂糟糟別墅弄得天翻地覆！」

皮皮準備了豐盛的晚餐，讓大家盡情享用。皮皮把三顆帶殼的水煮蛋塞進嘴裡，偶爾也咬一下爸爸的耳朵，因為能夠見到爸爸，她實在太高興了。剛睡醒的尼爾森先生忽然跳了出來，牠一看見長襪船長，便驚訝的揉著眼睛。

「不會吧，妳還把尼爾森先生帶在身邊？」長襪船長說。

「是啊，而且我還養了別的寵物呢，信不信由你。」說著，皮皮就去把那匹馬牽進屋內，並且餵了牠一顆帶殼水煮蛋。

長襪船長很高興看見女兒在亂糟糟別墅裡住得很舒服，也慶幸她有那一箱金幣，讓她在自己不在身邊的這段時間，不至於挨餓吃苦。

等大家都吃飽後，長襪船長從皮箱裡取出一面神鼓，那是塔卡圖卡人在跳舞和舉行祭典的時候，會用來打拍子的樂器。長襪船長坐在地上，開始打起鼓來。那個鼓聲低沉而奇特，跟湯米和安妮卡以前聽過的鼓聲完全不同。

皮皮脫掉腳上的大黑鞋，只穿著襪子跳起舞來，而且她跳的舞非常奇特。艾弗朗國王也跳起一支狂野的戰舞，那是他在塔卡圖卡島上學會的。他拚命揮舞著長矛和盾牌，用一雙赤腳用力跺地，力道大到讓皮皮大喊：「小心，別把地板踩垮了！」

「別擔心，」長襪船長繼續旋轉著跳舞，「因為妳要去當南太平洋小島的公主了，我的寶貝女兒。」

於是皮皮一躍而起，和爸爸一起跳舞。他們表演各種花式舞蹈，又是歡呼，又是叫喊，偶爾還會高高跳起，讓湯米和安妮卡光看就覺得頭暈。尼爾森先生似乎也看得眼花撩亂，因為牠一直摀著眼睛。

漸漸的，這場舞蹈變成了皮皮和爸爸之間的摔角比賽。長襪船長把女兒甩出去，摔落在帽架上。但是皮皮沒有在那裡待太久，她大叫一聲，一個箭步便躍過廚房，衝向艾弗朗爸爸。一轉眼，皮皮就把爸爸甩了出去，他像一顆流星似的，一頭飛進了木箱，只剩一雙胖腿在半空中晃動。

他沒辦法自己站起來，一來是因為他太胖，二來是因為他笑得太厲害，在木箱裡發出了雷鳴般的笑聲。

皮皮抓住爸爸的雙腳，想把他拖出來，但是他差點笑岔了氣，因為他很怕癢。

「不要搔我癢，」他發出呻吟，「把我扔進海裡也好，把我扔出窗外也罷，隨妳高興，但是不要搔我的腳！」

他笑得那麼大聲，湯米和安妮卡都擔心那個木箱會爆開。最後，他總算從木箱裡爬出來，不過才一站穩，他就衝向皮皮，把她用力甩到廚房另一頭。皮皮仆倒在爐子前面沾滿煤灰的地板上。

「哈哈，塔卡圖卡的公主打扮好了！」皮皮興奮的大喊，把一張黑得像煤炭的臉轉向湯米和安妮卡。接著，皮皮又大吼一聲撲向爸爸，打得他的草裙劈啪作響，樹皮纖維在廚房裡飛來飛去。他的金色王冠掉下來，滾到桌子底下。最後皮皮把爸爸壓倒在地上，騎在他身上說：「你認輸了嗎？」

「好好好，我認輸了。」長襪船長說。於是父女倆哈哈大笑，皮皮還輕輕咬了一下爸爸的鼻子。

爸爸說：「自從妳和我在新加坡那間水手酒館大展身手之後，我就沒有這麼開心過了。」

他爬到桌子底下去拿他的王冠。

「幸好那些塔卡圖卡人沒看到，」他說：「代表王權的王冠，居然躺在亂糟糟別墅的桌子底下！」

他把王冠戴回頭上，然後整理一下身上的草裙，草裙看起來比一開始稀疏多了。

「這條草裙大概得送去修補一下了。」皮皮說。

「對啊，但是很值得。」長襪船長說。

他坐在地上，擦乾額頭上的汗水。

「嗯，皮皮，我的孩子，」他說：「妳偶爾還會說謊嗎？」

「噢，是啊，我有空的時候會說，但是我不常有空，」皮皮謙虛的說：「你呢？說到說謊，你的天分也不差呀。」

「喔，如果我的臣民一整個星期都表現得很好，那我就會在星期六晚上說些謊話給他們聽。有時候，我們也會舉辦一個小小的『說謊與歌唱之夜』，有打鼓伴奏和火炬舞蹈。我謊話說得愈多，他們的鼓聲就愈熱烈。」

「唉，」皮皮說：「沒有人替我打鼓，我一個人孤孤單單的，自己對自己說謊，說得天花亂墜，聽起來真有趣，但是就連替我吹梳子的人都沒有。最近有一天晚上，我躺在床上編了一個長長的故事，說一頭小牛會編織蕾絲還會爬樹。你知道嗎？我相信自己說的每一句話，這才叫作擅長說謊嘛！但是這裡沒有人替我打鼓！」

「好，那就讓我來吧。」長襪船長說完，就開始替女兒打鼓，他打了長長一段快節奏的鼓聲。皮皮坐在他腿上，把沾滿煤灰的臉貼在爸爸臉頰上，結果爸爸的臉也變得跟她一樣黑。

安妮卡站在一旁若有所思，不知道該不該把心裡的話說出來，但是又忍不住不說。

「說謊不是好事，」她說：「這是我媽媽說的。」

「唉，安妮卡，妳真笨，」湯米說：「皮皮又不是真的說謊，她只是假裝自己編出來的故事是謊話。這妳都不懂嗎？妳這個小笨蛋！」

皮皮認真的看著湯米。

「有時候你說話真有道理，讓我擔心你將來會成為一個大人物。」皮皮說。

夜漸漸深了，湯米和安妮卡得回家了。這一天發生了很多事，能親眼看見一個貨真價實的南太平洋小島國王，的確非常有趣。而且爸爸回家了，皮皮一定很高興。只不過……

當湯米和安妮卡爬上床鋪時，他們沒有像平常一樣聊天。房裡一片安靜，忽然有人嘆了一口氣，那個人是湯米。過了一會兒，又有人嘆了一口氣，這一次是安妮卡。

「妳為什麼嘆氣？」湯米煩躁的問。

但是他沒有得到回答，因為安妮卡躲在被子底下哭了起來。

第八章　皮皮的惜別晚會

第二天早上，湯米和安妮卡從廚房後門走進亂糟糟別墅時，嚇人的鼾聲在整棟屋子裡迴盪。長襪船長還沒有醒來，可是皮皮已經站在廚房裡做早操，湯米和安妮卡的造訪打斷了她。

「嗯，」皮皮說：「現在我確定以後要做什麼了。我將成為塔卡圖卡公主，我要半年當公主，另外半年搭乘『霍普托瑟號』航行全世界。爸爸認為，如果他有半年的時間好好處理國事，那麼另外半年，那些塔卡圖卡人沒有國王也沒關係。你們要了解，一個老水手偶爾還是得在甲板上走走才踏實。再說，爸爸也要替我的教育著想。如果我想成為優秀的海盜，就不能只在宮廷裡過生活，爸爸說那只會讓我變得軟弱。」

「妳再也不回來亂糟糟別墅了嗎？」湯米的聲音很沮喪。

「會啦，等我們退休以後，」皮皮說：「大概再過個五、六十年吧。到時候我們就可以一起玩，享受美好的時光。」

這個回答安慰不了湯米，也安慰不了安妮卡。

「你們想像一下，是塔卡圖卡公主耶！」皮皮帶著作夢般的神情說：「沒有幾個小孩能當上公主，而且我會很漂亮喔！兩個耳朵都要戴上耳環，鼻子上再戴一個更大的鼻環。」

「除了這些，妳還要穿戴什麼？」安妮卡問。

「就這樣，」皮皮說：「別的都不必了！但是每天早上我會請人替我抹上鞋油，讓我變得跟其他人一樣黑。每天晚上我也會把自己放在外面，和鞋子擺在一起，等著擦鞋油。」

湯米和安妮卡試著想像皮皮塗上鞋油的模樣。

「妳覺得黑色跟妳的紅頭髮搭嗎？」安妮卡懷疑的問。

「這要再看看。要不然，把頭髮染成綠色也很簡單啊，」皮皮心花怒放的嘆了口氣，「皮皮洛塔公主！那種生活多麼棒，多麼精采啊！我將會盡情跳舞，你們想像一下，皮皮洛塔公主在營火的火光中隨著鼓聲起舞！我的鼻環將會叮噹作響！」

「那妳……妳什麼時候要出發？」湯米的聲音聽起來有一點沙啞。

「『霍普托瑟號』明天起錨。」皮皮說。

三個孩子靜靜的站了好一會兒，似乎再也沒有別的話可說了。最後皮皮又翻了個筋斗說：「今天晚上，亂糟糟別墅會舉行一場惜別晚會！惜別晚會的細節我就不透露了，歡迎所有想跟我說再見的人來參加。」

這個消息像野火一樣，在這座很小、很小的小鎮上傳開了，所有的小孩都知道：長襪皮皮要離開鎮上了，而且今天晚上將在亂糟糟別墅舉辦一場惜別晚會！想來的人都可以來！

想參加的人很多，說得更準確一點，總共有三十四位小朋友。湯米和安妮卡得到了媽媽的許可，那天晚上可以想待多晚就待多晚。他們的媽媽看得出來，放寬門禁時間有絕對的必要。

湯米和安妮卡永遠不會忘記皮皮舉行惜別晚會的那個夜晚。那是個非常美好而且溫暖的夏夜，大家都會說：夏天就應該是這樣！

皮皮家院子裡所有的玫瑰花都盛開了，在暮色中散發出香氣。風從幾棵老樹之間吹過，發出窸窸窣窣的呢喃。一切本來是那麼的美好，要不是……要不是……湯米和安妮卡不願意繼續想下去。

鎮上所有的小孩都帶著陶笛，一路上興高采烈的吹奏，列隊走進皮皮家院子裡的小徑。湯米和安妮卡走在最前面，當他們走到門廊臺階前的時候，門打開了，皮皮站在門口，一雙眼睛在長滿雀斑的臉上閃閃發亮。

「歡迎光臨我家。」皮皮說著，同時張開了雙臂。安妮卡仔細的看著她，這樣日後才能一直記得皮皮的模樣。安妮卡永遠不會忘記皮皮站在那裡的樣子，她的紅色辮子，她臉上的雀斑，還有她愉快的笑容和那雙大黑鞋。

遠方傳來了低沉的鼓聲。長襪船長坐在廚房，把那面鼓夾在膝蓋之間。今天他也穿上了國王的裝扮，這是皮皮特別拜託他的，因為她知道所有小孩都想看活生生的南太平洋小島國王是什麼模樣。

廚房裡擠滿了小孩，他們圍著艾弗朗國王，想把他看個清楚。安妮卡心想，幸好沒有更多人來，否則廚房就要擠不下了。

就在安妮卡這麼想的時候，院子裡響起了手風琴的聲音，原來是佛里多帶領「霍普托瑟號」的全體船員來了，演奏手風琴的人也是他。

皮皮之前去港口跟她的老朋友打了招呼，還順便邀請他們來參加惜別晚會。皮皮衝向佛里多，緊緊摟住了他，直到他臉色發青才鬆開，接著大喊：「奏樂！奏樂！」

於是佛里多演奏手風琴，艾弗朗國王打鼓，所有的小孩都吹起他們的陶笛。

蓋著蓋子的木箱上頭擺了好幾排汽水，廚房的桌面上放著十五個鮮奶油大蛋糕，爐子上的大鍋子裡裝滿了香腸。

艾弗朗國王先開動，一口氣拿了八根香腸。其他人也有樣學樣，很快的，廚房裡就只剩下嚼香腸的聲音了。接下來，每個人還可以去拿蛋糕和汽水，想拿多少都可以。

廚房裡有點擁擠，於是大家分散到門廊和院子裡，在暮色中，到處都能看見白色的鮮奶油蛋糕在閃閃發光。

等大家吃飽喝足，湯米提議來玩「請你跟我這樣做」的遊戲，這樣能讓香腸和蛋糕比較好消化。

皮皮不知道這個遊戲要怎麼玩，於是湯米解釋給她聽。這個遊戲是由一個人領頭，他做什麼動作，其他人就得跟著模仿。

「我們來玩吧！」皮皮說：「這遊戲聽起來滿有趣的，而且最好是由我來領頭。」

首先，皮皮爬上了洗衣房的屋頂。要爬上洗衣房的屋頂，必須先爬上院子的籬笆，再趴在屋頂上想辦法爬上去。皮皮、湯米和安妮卡以前爬過很多次，所以一點也不覺得困難，但是這對其他小孩來說可不容易。「霍普托瑟號」的水手平常就習慣爬上桅杆，所以輕而易舉就爬上去了，可是對長襪船長來說就沒這麼簡單了，因為他太胖，還老是被草裙絆住，等他好不容易爬上屋頂，已經累得氣喘吁吁。

「這件草裙沒辦法恢復原狀了。」他的聲音聽起來很苦惱。

皮皮又從屋頂上跳下來。那些年紀比較小的孩子當然不敢跟著跳，但是佛里多很好心的把不敢跳的小孩抱下來。接著皮皮在草地上翻了六個筋斗。大家都照做，可是長襪船長說：「得有人從後面推我一把，不然我翻不過去。」

皮皮推了他一把，可是推得太用力，結果爸爸一開始翻筋斗就停不下來，像一顆球一樣在草地上滾動，他不只翻了六個筋斗，而是連翻了十四個。

接著皮皮奔向屋子，跑上樓梯，接著又從一扇窗戶爬出來。她叉開雙腿，搆到架在外面的梯子，然後迅速爬上梯子，跳上亂糟糟別墅的屋頂，沿著屋脊跑，再跳上煙囪，單腳站立學公雞啼叫，然後以俯衝的方式跳到長在屋牆旁邊的一棵樹上，順著樹幹滑到地上。之後，她跑進木屋拿起斧頭，砍斷了牆上的一塊木板，再爬過那道狹窄的縫隙，跳上院子的籬笆，並在籬笆上保持平衡走了五十公尺，最後爬上一棵橡樹，坐在樹梢。

亂糟糟別墅前面的馬路上聚集了一大群人，他們回家以後會說：他們看見一個國王單腳站在亂糟糟別墅的煙囪上，並且像公雞一樣咕咕啼叫，聲音宏亮到大老遠也聽得到，但是沒有人相信他們說的話。

長襪船長也想從木屋牆上的窄洞鑽出去，但是無法避免的事情發生了：他卡在洞裡動彈不得，所以遊戲只好暫停。所有孩子都站到一旁，看佛里多鋸開木板，讓長襪船長得以脫身。

「這個遊戲太好玩了，」長襪船長脫身之後，心滿意足的說：「接下來我們要玩什麼？」

佛里多說：「過去出海航行的日子，船長會和皮皮比賽誰的力氣大，那一向很有趣。」

「這個主意不錯，」長襪船長說：「但是糟糕的是，我女兒的力氣快要比我大了。」

湯米就站在皮皮身旁。

「皮皮，」湯米小聲的說：「剛才我們玩『請你跟我這樣做』的時候，我好擔心妳會爬進我們在橡樹樹幹裡面的祕密基地。我不希望其他人發現那個地方，哪怕我們再也不會去了。」

「不會啦，那是我們的祕密。」皮皮說。

皮皮的爸爸拿起一根鐵棍，把它折彎，彷彿那是蠟做的。皮皮拿來另一根鐵棍，學爸爸一樣把它折彎。

「你知道嗎？」皮皮說：「我還躺在搖籃裡的時候，就會玩這種簡單的把戲來打發時間。」

於是長襪船長把廚房的門卸下來，要佛里多和另外七名水手站在門板上，然後把他們全部高高舉起，抬著他們在草地上繞了十圈。

這時天色已經很黑了，皮皮在四處點燃火把，美麗的火光在院子裡投射出迷人的光輝。

「你表演完了嗎？」皮皮在爸爸繞完第十圈之後問他。

爸爸表演完了。

於是皮皮把那匹馬放在門板上，再把佛里多和另外三名水手放上去。佛里多抱著湯米和安妮卡，其他每個人手裡還抱著兩個小孩。皮皮把門板舉起來，繞著草地走了二十五圈。在火光的映照之下，那個畫面看起來非常壯觀。

「ㄚ頭，妳的力氣真的比我大。」長襪船長說。

之後，大家在草地上坐下。佛里多演奏手風琴，其餘的水手唱起無比動聽的水手歌謠，那群小孩則隨著音樂起舞。皮皮拿著兩支火把，跳得比其他人更狂野。

惜別晚會以一場煙火結束。皮皮發射了沖天炮和輪轉煙火，火星四射照亮了夜空。安妮卡坐在門廊上看著。一切都這麼美，這麼神奇。黑暗中雖然看不見那些玫瑰，但是聞得到玫瑰的香氣。這一切是那麼的美好，要不是……要不是……彷彿有一隻冰冷的手，緊緊捏住了她的心。明天會是什麼樣子？整個暑假會是什麼樣子？以後呢？以後亂糟糟別墅裡就沒有皮皮了，也沒有尼爾森先生，那匹馬再也不會站在門廊上。以後不能騎馬，不能和皮皮一起去遠足，晚上不能舒舒服服的坐在亂糟糟別墅的廚房，也不會有長出檸檬汽水的樹。那棵樹當然還在，但是安妮卡很確定，等皮皮離開之後，樹就不會長出檸檬汽水了。她和湯米明天要做什麼呢？大概只能玩槌球了吧。安妮卡嘆了一口氣。

晚會結束了，所有小朋友都向皮皮道謝，並且說了再見。長襪船長和水手們一起回到「霍普托瑟號」。他說皮皮也可以現在就跟他們一起走，但是皮皮說她還想在亂糟糟別墅再睡一晚。

「我們明天早上十點起錨，別忘了！」長襪船長在離開的時候大喊。

現在只剩下皮皮、湯米和安妮卡，他們在黑暗中靜靜坐在門廊臺階上。

最後皮皮說：「你們還是可以來這裡玩，我會把鑰匙掛在門邊的釘子上。抽屜裡的東西你們都可以拿去。如果我把梯子架在那棵橡樹樹幹裡，你們也可以自己爬進樹洞。不過那裡也許不會再長出那麼多檸檬汽水，因為現在不是季節嘛。」

「不，皮皮，」湯米表情嚴肅的說：「我們不會再來這裡了。」

「我們再也不會來了。」安妮卡說。她想，以後經過這裡，她都要把眼睛閉起來。少了皮皮的亂糟糟別墅——安妮卡再次感覺到那隻冰冷的手捏住了她的心。

第九章　皮皮上船了

皮皮仔細鎖上亂糟糟別墅的門，把鑰匙掛在門邊的釘子上，再把那匹馬從門廊上抬下來——這是最後一次了！尼爾森先生煞有其事的坐在她的肩膀上，大概是知道某件特別的事正在發生。

「嗯，大概就這樣了。」皮皮說。湯米和安妮卡點點頭。是的，就這樣了。「時間還早，」皮皮說：「我們走路過去吧，這樣就有多一點的時間在一起。」

湯米和安妮卡又點了點頭，可是什麼話也沒說。接著他們出發前往鎮上，朝著港口走去，走向「霍普托瑟號」。那匹馬慢吞吞的跟在他們後面。

皮皮回頭看了一眼亂糟糟別墅。

「這個窩挺不錯的，」皮皮說：「沒有跳蚤，而且從各方面來說都很舒適，也許比我以後要住的泥土房子更好。」湯米和安妮卡什麼話也沒說。

「要是我住的泥土屋有很多跳蚤，」皮皮繼續說：「那我會馴養牠們，把牠們裝進雪茄盒，晚上和牠們一起玩遊戲。我會在牠們的腿上綁小小的蝴蝶結，把最忠心耿耿、跟我最親近的兩隻跳蚤取名為湯米和安妮卡，准許牠們在我的床上睡覺。」

就連這個妙主意，也沒辦法讓湯米和安妮卡開口說話。

「你們兩個是怎麼搞的？」皮皮煩躁的問：「我告訴你們，太久不說話是很危險的，因為舌頭不使用就會乾掉。我曾經在印度的加爾各達認識一個火爐工人，他一直不說話，後來不可避免的事情發生了。當他想要對我說：『再見，親愛的皮皮，祝妳一路順風，謝謝妳帶給我的美好時光！』你們猜這時候發生了什麼事？他先是做出幾個嚇人的鬼臉，因為他的嘴角生銹了，想說話卻張不開嘴巴，我只好用縫紉機的機油替他抹抹嘴角。然後他發出『嗚咘嗚嘚』的聲音，我趕快檢查他的嘴，發現他的舌頭就像一片乾枯的葉子躺在那裡！除了『嗚咘嗚姆』的聲音，這個火爐工人的下半輩子，再也說不出別的話了。假如你們兩個也變成那樣，那就太糟糕了！現在讓我聽聽看，你們能不能說得比那個火爐工人好一點，照這樣說說看吧：『親愛的皮皮，祝妳一路順風，謝謝妳帶給我們的美好時光！』」

湯米和安妮卡聽話的照著說：「親愛的皮皮，祝妳一路順風，謝謝妳帶給我們的美好時光。」

「感謝老天！」皮皮說：「你們差點把我嚇死！假如你們說的是『嗚咘嗚姆』，那我就不知道該怎麼辦了。」

這時，他們抵達了港口，「霍普托瑟號」就停泊在那裡。長襪船長站在甲板上吆喝，大聲下達命令。那些水手跑來跑去，忙著準備出航。碼頭上擠滿了這座很小、很小的小鎮上所有居民，大家都來向皮皮揮手道別。現在皮皮和湯米、安妮卡、那匹馬，

HOPPE-
TOSSA

還有尼爾森先生一起出現了。

「長襪皮皮來了！讓路給長襪皮皮！」有人這麼喊著，而人群也應聲退向兩旁，讓皮皮通過。皮皮向左右兩邊的人點頭打招呼，然後舉起那匹馬，從登船板上走過去。那隻可憐的動物懷疑得瞪大了眼睛，因為馬不怎麼喜歡坐船。

「啊，我的寶貝女兒，妳來了。」長襪船長暫時停止發號施令，緊緊的擁抱皮皮。他把皮皮摟在胸前，父女倆抱得好緊，連他們的肋骨都喀喀作響。

一整個早上，安妮卡的喉嚨都哽著一塊東西。當她看見皮皮把那匹馬扛上甲板，哽在她喉嚨裡的東西就化了。她站在碼頭上，倚靠著一個木箱哭了起來。起初她只是輕聲哭泣，後來卻漸漸愈哭愈大聲。

「別哭！」湯米罵她，「在這麼多人面前哭很丟臉！」

結果安妮卡哭得更厲害了。她的眼淚撲簌簌的流個不停，哭得全身顫抖。湯米把一塊石頭從碼頭上踢進水裡。他恨不得拿石頭朝「霍普托瑟號」扔過去，因為這艘可惡的船要把皮皮從他們身邊帶走了！說真的，假如沒有人看見的話，湯米也很想哭，但是他不能在人前流淚。於是，他又把一塊石頭踢進水裡。

這時皮皮從登船板上跑回來，衝到湯米和安妮卡身邊，握住了他們的手。

「還有十分鐘。」皮皮說。

安妮卡趴在木箱上，哭得像是心都碎了。碼頭上已經沒有石頭可以讓湯米踢了，他咬緊牙關，看起來一副想要殺人的樣子。

鎮上所有的小孩都圍在皮皮身邊，他們帶著陶笛，為皮皮吹一首告別曲。那是非常哀怨的曲子，旋律聽起來十分悲傷。安妮卡哭得幾乎站不起來。湯米忽然想到自己為皮皮寫了一首送別詩，於是他掏出紙條開始朗誦。不過丟臉的是，他的聲音顫抖得很厲害。

再會了，皮皮，現在妳將要遠離，
而我們將留在這裡。
我們會永遠想念妳，
親愛的皮皮，請妳別把我們忘記。

「好厲害，每一句都有押韻呢，」皮皮滿意的說：「我會把這首詩背熟，以後晚上圍坐在營火旁，就可以朗誦給那些塔卡圖卡人聽。」」

那群小孩從四面八方擠過來跟皮皮說再見。這時，皮皮舉起手請大家安靜。

「各位小朋友，」皮皮說：「從今以後，我只能和塔卡圖卡族的小孩一起玩了。現在我還不知道我們會玩些什麼，也許會和野犀牛玩捉人遊戲，成立一個弄蛇人社團，騎騎大象，或是在小屋前面的椰子樹上盪鞦韆。我們總會有辦法打發時間的。」

說到這裡，皮皮停頓了一下。

湯米和安妮卡都覺得，他們真討厭那些可以和皮皮一起玩的塔卡圖卡族小孩。

皮皮接著說：「可是到了雨季，也許就會迎來無聊的日子，雖然下雨的時候不穿衣服跑來跑去也很好玩，反正頂多只會淋溼。等我們全身溼透，也許就會爬進我的泥土屋，要是泥土屋沒有變成一攤爛泥的話。要是泥土屋變成了爛泥巴，我們就可以烤泥巴蛋糕，如果沒有變成爛泥巴，那我們——那些塔卡圖卡族小孩和我——就會坐進屋裡，然後那些小孩也許會說：『皮皮，說個故事給我們聽！』那我就會跟他們說，在一個很遠、很遠的地方，有一座很小、很小的小鎮，也會跟他們說起住在小鎮上的白人小孩。『你們想像不到那裡住著多麼可愛的小孩，』我會這樣對他們說：『除了腳以外，他們全身都是白色的喔。他們會吹陶笛，而且最棒的是，他們還會久久纏法呢。』如果那些黑人小孩因為自己不會久久纏法而感到難過，我該怎麼辦？嗯，在最糟糕的情況下，我會把泥土屋給拆了，拿來做成爛泥巴，然後跟他們一起烤泥巴蛋糕，然後把自己從脖子以下都埋進泥巴裡。如果連這樣也沒辦法轉移他們的心思，讓他們不再去想久久纏法，那未免太可笑了。謝謝大家。再見！」

那些小孩又用他們的陶笛吹起送別曲，旋律比剛才那首還要悲傷。

「皮皮，妳該上船了！」長襪船長大喊。

「遵命，船長。」皮皮說。

她轉身看著湯米和安妮卡。

湯米心想，皮皮的眼神看起來好奇怪。有一次湯米生病，病得很嚴重，那時候他媽媽也露出了這種眼神。安妮卡癱倒在木箱上，皮皮安慰的抱住她。

「再會了，安妮卡，再會，」皮皮小聲的說：「別哭。」

安妮卡摟住皮皮的脖子，發出哀傷的聲音。

「再會了，皮皮。」她啜泣著說。

接著皮皮抓起湯米的手，緊緊握了一下，然後她才從登船板上跑過去。這時，一顆大大的淚珠順著湯米的鼻子滑了下來。湯米咬緊牙關，但是那一點用也沒有，又有一顆淚珠滑了下來。他牽起安妮卡的手，兄妹倆站在那裡目送皮皮。他們看見皮皮站在高高的甲板上，可是在淚眼朦朧的時候，看到的景象都很模糊。

「長襪皮皮萬歲！」碼頭上的人群高喊。

「佛里多，把登船板收起來！」長襪船長大喊。

佛里多聽令照辦。「霍普托瑟號」準備起航，駛往遙遠的異鄉。可是就在這時候……

「不，艾弗朗爸爸，」皮皮說：「這樣不行。我受不了！」

「妳受不了什麼？」長襪船長問。

「我受不了在上帝創造的這片綠色大地上，有人為了我而悲傷哭泣，尤其受不了湯米和安妮卡為我而哭。把登船板再放下來！我要留在亂糟糟別墅！」

長襪船長站在原地沉默了一會兒。

最後他說：「妳想怎麼做就怎麼做吧，妳一向都是這樣。」

皮皮點了點頭表示同意。

「對，我一向都是這樣。」她平靜的說。

接著，皮皮和爸爸再次擁抱，他們抱得很緊，連肋骨都喀喀作響。

他們約好，長襪船長會經常回來亂糟糟別墅探望皮皮。

「艾弗朗爸爸，」皮皮說：「不管怎麼說，小孩最好還是要有個像樣的家，不要經常在大海上航行，也不要住在泥土屋裡。你不這麼覺得嗎？」

「我的女兒，妳說的總是有道理，」長襪船長說：「我看得出來，妳在亂糟糟別墅過著有規律的生活。對小孩來說，這肯定是最好的。」

「沒錯，」皮皮說：「對小孩來說，過著規律的生活肯定是最好的，尤其是由他們自己來制定規律更好！」

於是皮皮向「霍普托瑟號」的水手道別，並且擁抱爸爸最後一次。然後她用她強壯的手臂舉起那匹馬，抬著牠從登船板上走下來。這時候，「霍普托瑟號」起錨了，可是在最後一刻，長襪船長想起了一件事。

「皮皮，」他大喊：「妳需要更多的金幣，把這個拿去！」

長襪船長把另一個裝滿金幣的皮箱扔過來，只不過「霍普托瑟號」已經駛離碼頭太遠，那個皮箱「撲通」一聲便沉入海中。碼頭上的人群發出惋惜的驚呼，但是接著又聽見「撲通」一聲，是皮皮跳進了水裡。片刻之後，她浮出水面，嘴裡啣著那個皮箱扣環。她爬上碼頭，撥掉黏在她耳朵後面的海草。

「哈，現在我又跟魔術師一樣富有了。」她說。

湯米和安妮卡還不明白發生了什麼事。他們目瞪口呆的看著皮皮、那匹馬、尼爾森先生和那個皮箱，也看見「霍普托瑟號」揚起船帆駛離了港口。

「妳……妳沒在船上？」最後，湯米不敢相信的問。

「讓你猜三次。」皮皮一邊說，一邊擰掉辮子裡的水。

接著她把湯米、安妮卡、那口皮箱和尼爾森先生，全都舉起來放到馬背上，最後自己也跳了上去。

「回亂糟糟別墅！」她大聲高喊。

現在湯米和安妮卡總算搞清楚了。湯米高興極了，立刻唱起他最喜

歡的一首歌：〈吵吵鬧鬧的瑞典人來了！〉

安妮卡之前哭得太久，沒辦法馬上停止哭泣。她還在哽咽，不過現在是喜極而泣，所以她很快就會停止啜泣了。安妮卡感覺到皮皮強壯的手臂緊緊摟著自己，那種安全感真是太美妙了。噢，這一切是多麼美好！

安妮卡不再哽咽後，她問：「皮皮，我們今天要做什麼呢？」

「喔，也許玩玩槌球吧。」皮皮說。

「好啊。」安妮卡說。她知道，只要跟皮皮一起，就連玩槌球也會完全不一樣。

「還是……」皮皮沒有把話說完。

鎮上所有的小孩都擠在那匹馬旁邊，想聽皮皮要說什麼。

「還是……」皮皮說：「我們也可以到河邊，學習在水上走路。」

「沒有人能在水上走路啦。」湯米說。

「誰說的？這肯定能做到，」皮皮說：「我在古巴遇見過一個木匠，他……」

那匹馬開始奔跑，擠在周圍的小朋友沒辦法聽見皮皮接下來說的話，但是他們在原地站了很久、很久，目送皮皮和她的馬朝亂糟糟別墅的方向奔馳。沒有多久，遠方只看得見一個小小的黑點，最後連那個黑點也消失了。

小麥田 世界經典書房

長襪皮皮出海去

作　　者　阿思緹．林格倫（Astrid Lindgren）
繪　　者　英格麗．凡．奈曼（Ingrid Vang Nyman）
譯　　者　姬健梅
封面設計　達　姆
協力編輯　葉依慈
責任編輯　巫維珍

國際版權　吳玲緯
行　　銷　闕志勳　吳宇軒　陳欣岑
業　　務　李再星　陳紫晴　陳美燕　葉晉源
編輯總監　劉麗真
總 經 理　陳逸瑛
發 行 人　涂玉雲
出　　版　小麥田出版
地址：10483臺北市中山區民生東路二段141號5樓
電話：(02)2500-7696　傳真：(02)2500-1967
發　　行　英屬蓋曼群島商家庭傳媒股份有限公司城邦分公司
地址：10483臺北市中山區民生東路二段141號11樓
網址：http://www.cite.com.tw
客服專線：(02)2500-7718｜2500-7719
24小時傳真專線：(02)2500-1990｜2500-1991
服務時間：週一至週五09:30-12:00｜13:30-17:00
劃撥帳號：19863813　戶名：書虫股份有限公司
讀者服務信箱：service@readingclub.com.tw
香港發行所　城邦（香港）出版集團有限公司
地址：香港灣仔駱克道193號東超商業中心1樓
電話：+852-2508-6231　傳真：+852-2578-9337
馬新發行所　城邦（馬新）出版集團【Cite(M) Sdn. Bhd】
地址：41, Jalan Radin Anum, Bandar Baru Sri Petaling,
57000 Kuala Lumpur, Malaysia.
電話：+6(03) 9056 3833　傳真：+6(03) 9057 6622
讀者服務信箱：services@cite.my
麥田部落格　http://ryefield.pixnet.net
印　　刷　漾格科技股份有限公司
初　　版　2023年4月
售　　價　300元

ISBN 978-626-7281-01-7
EISBN 9786267281055 (epub)
Printed in Taiwan.
本書若有缺頁、破損、裝訂錯誤，請寄回更換。

國家圖書館出版品預行編目資料

長襪皮皮. 2, 長襪皮皮出海去／阿思緹．林格倫（Astrid Lindgren）著；英格麗．凡．奈曼（Ingrid Vang Nyman）繪；姬健梅譯. -- 初版. -- 臺北市：小麥田出版：英屬蓋曼群島商家庭傳媒股份有限公司城邦分公司發行, 2023.04
面；　公分. --（故事館）
譯自：går ombord
ISBN 978-626-7281-01-7（平裝）

881.3596　　112000090